JN248489

医学のつばさ

海堂尊
Kaidou Takeru

角川書店

医学のつばさ

医学のつばさ ● 目次

東城大医学部

カオルの
マンション

東城大学
医学部付属病院

メゾン・ド・
マドンナ前

ジョナーズ前

桜宮十字路

はす・ぱ
(繁華街)

三田村医院前

桜宮駅

在来線

ブラック・ドア

三姉妹像

桜宮車庫

新幹線

桜宮駅 車庫

シー・パイナップル

未来医学
探究センター

センター前

桜宮岬

桜宮市の地図

岩山

トンネル

桜宮中学前

秘密基地

平沼
製作所

桜宮学園

波乗りハイウェイ

桜宮水族館

桜宮海岸

深海館

桜宮湾

水族館

桜宮海溝

東城大学
海洋研究所

装画・挿絵／ヨシタケシンスケ

装丁／高柳雅人

1章
見た目が地味なヤツほど恐ろしい。

2023 年 5 月 31 日 (水)

目が覚めて全てが夢だったらよかったのに、と思う時がある。

それは、全てが現実だったらいいのに、ということの裏表に思えるかもしれない。

でもそれは、コインの裏表のような等価ではない。

その朝は前者だった。昨日までのことが全部夢だったらよかったのにと思ったけれど、現実は昨日の悪夢の続きだった。

ぼくは机の上のパソコンを起動し、毎朝届くはずのメールを探す。

でも昨日と同じで、メールは届いていない。

ぼくのパパはマサチューセッツ工科大学の教授で、ゲーム理論の専門家だ。ボストン暮らしで一度も顔を合わせたことがないけれど、ぼくが物心ついた時から一日も欠かさず毎日、朝食の献立をメールしてきた。ぼくはそれをウザいと思っていたけれど、メールが届かなくなって初めて、パパの心遣いに支えられていたんだ、と気がついた。

そんな時、目が覚めたら全てが夢で、やっぱりパパの退屈な献立メールが届いていてなんていう、ありきたりの日々の眩しさを思い出し、涙がこぼれそうになる。

でも、そんなぼくの気弱さを吹き飛ばすのは、目の前に立ちはだかった「敵」の存在だ。

8

敵の名は「組織」。「CIA」とか「ホーネット・ジャム」とか、派手な組織の名を見掛けるけど、数ある組織でも実は単なる「組織」という、見た目は地味なヤツが一番怖い。

「組織」は世界中至る所にある。生物番組「ヤバいぜ、ダーウィン」、通称「ヤバダー」で取り上げられた中で一番地味だった回の、苔の話によく似ている。

苔は目立たないけど、苔のない森はない。それと同じで「組織」ってヤツはぼくたちが日々暮らす社会にはびこっている。だからコイツが「敵」になると、四方八方を囲まれ、四面楚歌（そか）どころか八面魏歌（ぎか）、あるいは十六面蜀歌（しょくか）（ぼくが作ったインフレ成句）状態になりかねない。

だから「組織」ってヤツを「敵」にロックオンするには、なみなみならぬ覚悟が必要だし、そんな地味な相手に思いを巡らしていると、闘う決意をした端から、闘志はふしゅるる、と穴の開いた風船みたいに萎んでいってしまう。

「敵」というものは仰々しく憎々しく強大であればあるほど、闘うモチベーションは高揚する。「苦怪人モスモス」みたいなへなちょこの相手と闘うハイパーマン・バッカスはどうにも冴えなくて、バッカス史上もっとも盛り上がらない回だった。でも今回の「敵」は「モスモス」みたいにじわじわと侵食し、ぼくとその仲間の関係を破壊した。

まったく、見た目が地味なヤツほど恐ろしいものなのだ。

そんなことを考えたぼくは、大きく伸びをして立ち上がる。

ぼくがどんな気持ちでいようとも、いつもと同じように朝はくる。

どんな事が起こっても同じ朝。

それが絶望ということの別の顔だということを、最近になってぼくは思い知った。

鏡に映るぼさぼさ髪の中学3年のぼくには、東城大学医学部の研究協力員という顔もある。

そんなことになった経緯は話せば長くなるけれど、思い切り端折って説明すると、2年前の中1の時、「全国統一潜在能力試験」で日本一の成績を取ったので、文部科学省から推薦され東城大医学部の特待生のダブル・スチューデントになったせいだ。

ぼくが日本一になったのは、いろいろな人に助けられながら二重生活を続けてきた。

知っていたからだ。ぼくは、いろいろな人に助けられながら二重生活を続けてきた。

特に1年B組以来の同級生3人の「チーム曾根崎」メンバーは強力なサポーターだ。

会員ナンバー1、進藤美智子。幼なじみの学級委員、ポニーテールの美少女、帰国子女で英語がぺらぺら、将来の志望は通訳という、バリバリの優等生。

会員ナンバー2、平沼雄介。発明家でNASAと共同研究している製作所の社長の御曹司、でも御曹司とも思えない、3年B組の無法松と呼ばれるいじめっ子。「カオルちゃん」という、ぼくが嫌がる呼び方をするので、負けずにぼくもヤツをヘラ沼と呼び返している。

ヘラ沼も美智子と同じ帰国子女だけど、英語はからきしダメなので、あえてプロフィールに書き添える必要はない。

会員ナンバー3は三田村優一。お祖父さんの代から桜宮駅の近くの開業医の跡取り息子で、医学部を目指しているガリ勉メガネ。この「チームシステム」に加えて、飛び級システムの先輩、元スーパー高校生医学生の佐々木アツシさんがいる。3年間、飛び級で大学の研究室に通って、4月から正式に東城大学医学部4年生に編入された。

この4人のおかげでぼくは中学生ながら医学部に通う二重生活を、なんとかクリアできた。

黒ずくめの服で話し始めに必ず「ほうほう」と言う「フクロウ親父」、藤田要教授の『総合解剖学教室』で、大ドジを踏んでクビにされそうになったところを、『神経制御解剖学教室』の草加教授に拾われた。そんなぼくはトラブルを呼ぶ体質らしく、ある日、昔の秘密基地の近くに突然出現した洞穴の中で、巨大な「たまご」を見つけた。

それが孵化したのが巨大新種生物、〈いのち〉だ。〈いのち〉は人間にそっくりだけど全然違う部分もある。まず「たまご」から生まれたことだ。

人間と比べ身体が大きく、成長スピードも速い。孵化する前、すでに「たまご」は150センチ近くあり、生後2週間で2メートルになった。東城大のオレンジ新棟にある小児科総合治療センターに保護されたけど、発覚して大騒動になったのが3週間前だ。

その騒動が収まって、ぼくの生活は日常に戻った。今ぼくは、夏祭りが終わった後のさみしさを抱えながら、秋の新学期を迎えるような虚脱感に包まれている。でも現実は明日には6月になるところで、これから梅雨に入り、その後に夏休みも控えている。そんな腑抜けた毎日を送っていたぼくは、こんな日がこれからもずっと続いていくのかな、とぼんやり考えた。

これからの人生で、あんな劇的な日々は二度とこないだろう、という切ない予感がした。

でもその時のぼくは、よく言われる成句を忘れていた。

「二度あることは三度ある」、あるいは「嵐の前の静けさ」というヤツだ。

この2つの成句を並置するのは変だ。自分では気がついていなかったけど、ひとつはっきりしていることがある。ぼくの知らないところで、夏の嵐がひそやかに近づいていたのだ。

登校するため「桜宮水族館行き」の青いバスに乗った。いつもは一番後ろの席に髪の長い女子がいて、隣に置いた鞄をどけてくれるのだけれど、今日はその席にお年寄りの夫婦が座っている。なのでぼくは吊革につかまったままバスに揺られていた。

幼なじみの学級委員、進藤美智子が休学して3週間が経った。

3年B組は少しずつ機能不全をきたし始めていた。もともと担任の田中先生は頼りなかったけれど、最近は特に小さなミスが目立つようになった。というかこれまでもそうだったんだろうけど、美智子のヘルプでなんとかなっていたんだ、としみじみ思う。

教室に入ると、三田村とヘラ沼が力なく手を挙げ、「やあ」「おう」と挨拶した。

ぼくは右手を挙げただけで何も言わずに着席する。

あの日以来、ぼくは、ぼくらを取り巻いている、いろいろなことを考える。目の前に立ち塞がる「組織」という、得体の知れない「敵」らしきもの。そして「首相案件」という、全ての思考を停止させるいろいろぐずぐずにしてしまう、オールマイティの呪詛のこと。

自衛隊のレンジャー部隊の迷彩服。爆破されたオレンジ新棟の壁。そんな記憶の断片と、それにまとわりついてくる雑多な想念が、ぐるぐると渦巻く。3週間、出口のない思いを抱えたまま、淀んだ河のように、流れているんだかいないんだかわからない日々が続いていた。

でもその朝は、いつもとは少し様子が違った。

12

朝のホームルームが終わり、数学の授業が始まった。すると担任の田中先生が戻って来て廊下の窓からぴょこんと顔を見せた。

「曾根崎君、校長室に来て。東城大学からお客さんが来ているの」

ぼくはゼンマイ仕掛けのオモチャのように立ち上がる。

そして、ヘラ沼と三田村の視線を背中に感じながら教室を出て行った。

田中先生と校長室に着いた。校長室は慣れっこになったけれど、扉を開けた時に誰が待っているのか、少し緊張した。でもお客さんの顔を見て力が抜けた。グレーの背広に紺ネクタイという地味な姿で座っていたのは、東城大の田口教授だったからだ。

「実は昨日突然、文科省から保護中の〈いのち〉君の非公式公開を今日行なうという知らせを受けたんだ。取りあえず顔出しするように、と学長から指示されたんだが、曾根崎君と他の2人にも来てもらえるとありがたい、と言うので、まず君のご都合を伺おうと思ってね」

「もちろん行きます。いえ、行かせてください。行くに決まっています。アイツらも絶対行くと思います」とぼくは急き込んで答えた。

「大切な授業を抜けても大丈夫かい？」

「いえ、むしろサボれてラッキーです」と言ったぼくは、ここが校長室で、校長先生と担任の田中先生が目の前にいたことを思い出し、あわてて付け加える。

「サボった分、あとで勉強しなければならないので、あまり嬉しくはないですけど」

うう、我ながら切れの悪い言い訳だ。田口教授は穏やかな微笑を浮かべた。

「校長先生、本人の承諾をいただいたので、3年生3人をお借りします」

「もちろんです。曾根崎君、田口教授のご迷惑にならないよう気をつけなさい。田中先生、お手数ですが他の2人も呼んできてください」

田中先生は校長室を出て行き、すぐに三田村とヘラ沼を連れて戻ってきた。

ふたりの顔を見た田口教授は、立ち上がる。

「みんな元気そうだね。校長先生の許可もいただいたから、出掛けようか」

ハイヤーの助手席に田口教授が乗り、男子3人組は後部座席に座った。

鉄道の高架をくぐり海岸線に出た。海岸通りの波乗りハイウェイを走ると、岬の突端に銀色の《光塔》が見えた。更に走り続けるとその塔の傍らに低層の建物が見えてきた。

〈いのち〉を収容するため自衛隊が2日間の突貫工事で建設した、プレハブ施設だ。

プレハブの前には黄色いロープの規制線が張られ、迷彩服姿の自衛隊の隊員が整然と並んでいた。建物前の簡易テント前の行列は20人くらい。馴染みの顔もいた。白シャツに緑の腕章をした時風新報の村山記者だ。ぼくたちも列の後ろに並ぶ。受付で田口先生が係の人に言った。

「東城大関係者です。高階学長の代理でこの少年たちが出席します」

「ええ？　学長代理なんてマジか。振り返ると三田村はぼく以上にうろたえていたけれども、ヘラ沼は耳の穴をほじりながら平然としていた。

バラックに入るとまた壁があり、小さな扉があった。

ドアを通り過ぎると、がらんとした部屋に出た。鉄製の柱が天井まで貫き、檻のようだ。

14

隙間は20センチ。床にマットが敷き詰められている。「檻」の向こうに〈いのち〉がいた。

膝を抱え、白いシーツの真ん中に穴を開けた即席ポンチョを着ている。

人の気配を感じた〈いのち〉は顔を上げた。大勢の見学者をうつろな目で見ている。

〈いのち〉の身長は3メートル近い。足元にいる美智子が、太腿をとん、とんと叩いている。

檻の側の部屋から背の高い男性が出て来た。赤木先生だった。

「本日は『文部科学省特別科学研究費B・戦略的将来構想プロジェクト』『文部科学省特別科学研究費Z・こころプロジェクト』で予算総額百億円の巨大プロジェクト『文部科学省特別科学研究費B・戦略的将来構想プロジェクト』で予算総額百億円の巨大新種生物の収容施設であり研究支援施設でもある『こころハウス』を公開します。撮影禁止で見学時間は5分、時間が来ましたら直ちに退去していただきます。質疑応答はありません」

一方的な通告に記者さんたちがざわめく。ぼくはしゃがんで人垣の足元をかき分け、先頭に顔を出すと、記者さんたちの足元から、長身の赤木先生を見上げて質問する。

「赤木先生、〈いのち〉は前より元気がないように見えますけど、大丈夫なんですか」

赤木先生はぼくを見ると、ふい、と目を逸らした。

「質疑応答はありません。本件は『首相案件』のため秘密厳守、今回の見学内容を記事等にするのはお控えください。加えてただ今、この生命体を〈いのち〉と呼ばれた方がおられましたが、この巨大新種生物の正式呼称は『こころ』ですので、お間違えのないよう願います」

赤木先生はぼくの存在を完全に無視した。ぼくたちに気がついた美智子の瞳に、かすかな揺らぎがみられた。ぼくたちを見つけた〈いのち〉は「だあ」と言ってにっこり笑った。手首に巻き付けられた鉄の鎖がじゃらり、と鳴る。〈いのち〉を鎖で繋ぐなんてあんまりだ。

美智子がその状態を容認しているのが意外だった。以前は〈いのち〉が不自由にされたら、相手が誰であろうとも嚙みついていたのに。その途端、怒りがふつふつと湧いてきた。

ぼくの怒気に気がついたわけでもないだろうけど、赤木先生が言う。

「5分経ちましたので報道陣、大学関係の見学者はご退去願います」

部屋を出る時、じゃらりと鎖が擦れる音がした。振り返ると〈いのち〉が腕を差し伸べていた。でも鎖のせいで身動きが取れない。ぼくたちはそのもどかしげな動きを見つめた。

「〈いのち〉君、大丈夫ですか」と三田村が駆け戻って、檻の柵を摑んで揺さぶる。

三田村の姿を見た〈いのち〉は立ち上がろうとした。まとわりつく鎖に倒される。

みるみる〈いのち〉の大きな目に涙が浮かんだ。息を吸い込み、胸が大きく膨らんだ。

ヤバい。

「〈いのち〉ちゃん、落ち着いて」と美智子が小声で言いながら背中を、とんとん、と叩く。

チーム曾根崎の男子3人と田口教授は両手で耳を塞ぐ。次の瞬間、「ミギャア」という咆哮が轟いた。記者さんたちもしゃがみ込む。「警護部隊、前へ」と女性の声。

奥の部屋から真っ赤なスーツを着た女性が、トランシーバーを片手に命令を発した。

ミギャア、ミギャアと〈いのち〉は泣き続ける。入ってきた自衛隊のレンジャー部隊が銃を構えた。「発射準備。ファイヤー」と号令が響く。

ぱん、ぱん、と乾いた音。〈いのち〉の泣き声が止んだ。肩と脇腹に、小型の注射器が刺さって、ぶら下がっている。〈いのち〉の瞼が閉じていき、どしん、と床に横倒しになった。

やがてすうすうと、寝息が響き始める。

迷彩服姿の自衛隊の隊員に急き立てられ、ぼくたちは追い出された。背後で「この程度のこ
とも仕切れないなんて、グズね」という、女性の低い声が聞こえた。

振り向くと赤木先生が、いたたまれない様子でその巨体を縮めているのが見えた。

プレハブの「こころハウス」から追い出された男子中学生3人と田口教授は無言だった。

記者さんたちも何も言わず、ぞろぞろと建物から外に出て行く。

まっしぐらに断崖絶壁に向かうレミングの群れみたいだ。

この状態はまさに生物番組「ヤバいぜ、ダーウィン」の一場面ではないか。

「君たちも招待されていたんだね」と背後から声を掛けられふりむくと、緑の腕章をした記者
さんが立っていた。

時風新報の村山記者だ。

「ぼくたちは高階学長の代理です。ところで今日の取材は本当に記事にしないんですか」

「そういうお達しだからね。『首相案件』だし」

「3週間前、自衛隊のレンジャー部隊が東城大から〈いのち〉を拉致した時も、記事になりま
せんでした。あれも『首相案件』だからですか」

「その通り。ただしあれは拉致ではなく保護だというのが文科省の公式見解だ」

「でも、おとなしい〈いのち〉を連れ出すため、東城大のオレンジ新棟の壁を爆破したんです
よ。あれはどう考えても『事件』です。でも『首相案件』なら事件にならないんですね。どう
して新聞記者さんやテレビのカメラマンさんは報道しなかったんですか。真実をありのままに
報道するのが新聞記者さんやテレビのカメラマンさんの仕事なのに、それっておかしいです」

村山記者は苦しそうに顔を歪めていたが、やがて「君の言う通りだ」とうなずく。

「なぜ『首相案件』は記事にできないんですか。ぼくの失敗は記事にできないなんてズッコイです。それならぼくのことも書かないでほしかったです」

ぼくがたたみ掛けるように言うと、村山記者は吐き捨てた。

「私だって今のままでいいとは思っていない。でもどうにもならないんだ」

村山記者はぼくの側を離れた。ぼくは胸が締め付けられた。村山記者に向けた非難はそのまま、〈いのち〉に対し何もできない自分に跳ね返ってきたからだ。

∵

東城大に戻って、学長室に報告に行く。

旧病院棟3階の廊下の突き当たり、学長室の扉を開けると、黒檀の両袖机の向こうに座っていた高階学長が、ぼくたちにもソファを勧めた。

「この前は時間切れでしたので、今日は最初にお菓子を差し上げます」

高級菓子を見てヘラ沼が「うわあ、うまそう。いただきます」とむしゃむしゃ食べ始める。

「みなさんも遠慮せずに召し上がってください。その間に田口先生には本日の報告をお願いする、という流れでよろしいですね?」と高階学長が声を掛ける。

外に向いていた背の高い椅子がくるりと回り、そこに現れたのは、ど派手でカラフルな衣装姿の厚生労働省官僚の白鳥さん、通称は火喰い鳥だった。

「田口センセも、お使いくらいはこなせるようになったんだね。感心、感心」

田口教授が、ぶわっと怒りの感情に包まれたのを感じた。でもすぐに冷静に戻った。

『文部科学省特別科学研究費Z・こころプロジェクト』の報告内覧会で、〈いのち〉君は、手足を鉄鎖で拘束され、活動を制限されていました。服装は当院と同様、シーツの真ん中に穴を開けた簡易式でした。前腕の肘窩に絆創膏が貼ってあり、採血等が実施されたようです」

さすがお医者さま、観察眼の鋭さが違う、と感心した。すると白鳥さんが口を開いた。

「田口センセは相変わらずズレてるね。彼らがあの巨大新種生物を大切に扱うなんて当然さ。

警備体制とかプレゼン者は誰だとか、そういう具体的なことを聞きたいんだよね」

「それは次に説明します。医療従事者としての最優先事項は対象者の状態把握です」

「僕だって昔は、皮膚科の診療をしたし、その時は従来の診断手法の枠を破る画期的な方法で、患者さんから拍手喝采を浴びたこともあるんだからね」

田口教授はむっとしたようだけど、気を取り直して報告を続ける。

「建物周辺に自衛隊のレンジャー部隊が配備され、入場の際に荷物チェックをしていました。

〈いのち〉君が興奮状態になると、レンジャー部隊が麻酔銃で鎮静させるなど、警備状態は万全です。日中は進藤さんが付き添っていました。見学者に説明したのは赤木講師ですが質疑応答はせず、曾根崎君の不規則発言にも応答しませんでした。文科省の小原室長もいて、〈いのち〉君の鎮静命令を出していました」

「つまりあの施設は自衛隊の協力下で文科省の支配下にあり、徹底した情報統制を敷いているわけか。まあ予想通りだけど、かなり大変な事態だね」

「と言うことは『未来医学探究センター』の去就問題に端を発した、文科省と厚労省の仁義なき縄張り争いが、因縁に満ちた桜宮岬で発現しているともいえるわけですね」と田口教授が多少のイヤミを籠めて言うと、白鳥さんは田口教授の顔をまじまじと覗き込んだ。

「田口センセ、今の発言はマジなの？　厚労省の不忠者で高名な僕が、厚労省と文科省をめぐるお家騒動を『大変な事態』だと認識するわけないもんね。不肖の弟子とはいえ、それくらいは理解してるよね？　ね？　お願いだからそうって言って」

田口教授はあわててうなずいたけど、わかっていないことは丸わかりだ。

でも、白鳥さんは田口教授の返事を丸ごと信じたようだ。

「ああ、よかった。今回の文科省プロジェクトの決定は、通常の彼らの決定速度とかけ離れている。藤田教授がスカーレットにリークしたのは、マサチューセッツの曾根崎教授からのアラートが来たのとほぼ同時だろう。田口センセや高階センセたちにしては上出来だったけど、厚労省以上にトロ臭い文科省の対応スピードにはほんとビックリだよ。小原が先頭でブイブイやればできないこともないけど、アイツは文科省で浮いているからいつもは空回りする。それが今回はぴたりとハマってガチで稼働している。これが何を意味するか、わかる？」

「文科省を飛び越えて、官邸主導で内閣府がプロジェクトを動かしている、と？」

高階学長が答えると、白鳥さんは立ち上がって拍手する。

「ブラボー！　さすが学長だけあって、高階センセはヒラ教授の田口センセよかマシだね。で

もやっぱりまだまだかな。あらゆる警告は一点を指しているのに、固定観念に囚われ硬直した

お年寄りには、真実に到達する道は遠く険しく果てしないんだろうねえ」

高階学長からも怒気が流れ出す。ぼくは我慢できずに訴える。

「ぼくには何が起こっているかはよくわかりませんが、〈いのち〉に関わることとなので、この

まま黙っているわけにもいきません。何か手伝わせてください」

「その気持ちはありがたい。『敵』は巨大で強大だし、報告通りならサイアクのシナリオだ。

しかも僕たちは敵に比べて非力すぎる。だから総力を結集しなくてはならない。それには

時間が必要だ。まず目の前の課題をひとつずつシラミ潰しに片付けていくしかない。これから

とりあえず、君たち3人がキーマンになる。思い切りこき使わせてもらう」

「やります」「おう」「もちろんです」と3人は、ばらばらの言葉で同じ返事をした。

「では早速指令を出そう。『未来医学探究センター』に潜入し『こころプロジェクト』の内容

を探ってほしい。高階センセや田口センセにはムリなことだけど、君たちなら可能だ。今〈い

のち〉君をケアしている進藤さんやアツシが、心底寝返っているとは思えない。そのあたりが

突破口になるかな」

3週間前「未来医学探究センター」に潜入して、佐々木さんとやり合った内容を報告すると、

白鳥さんはぱんぱん、と拍手して「ブラボー」と言った。

「田口センセも少しは坊やたちを見習うといいよ。自分の頭で考えて、その時に必要と思われ

る行動をする。これは、ナンバーは忘れたけど重要極意のひとつだよ」

「そう……でしたかね」と田口教授はそっけない。

「佐々木さんは『未来医学探究センター』の職員をやっているそうです」とぼくが言う。

「そりゃそうさ。あそこはもともとアッシのコールドスリープのために建設された施設だから、実家の手伝いでアルバイトしているような感覚だろ」

「コールドスリープって何ですか?」

「アッシは5歳の時に網膜芽腫という病気になって右眼を摘出したんだけど、左眼も同じ病気と診断された。そうすると両眼摘出で全盲になってしまう。その頃、僕がバックで動いて時限立法コールドスリープ法を作り、桜宮岬にあったA.iセンターという建物が崩壊した跡地に『未来医学探究センター』を建設して、そこでアッシを5年間凍眠させたんだ。そうしたらその間に新薬が開発されて、残った左眼を摘出せずに済んだってワケ」

だから佐々木さんがレティノの研究に執着したということは、以前ちらりと聞いていたんだけど、両眼が病気だったとは初耳だった。

「そんなアッシが、妙な動きをしている。そこには何か別の呪縛があるとしか思えない。アッシが右眼を摘出した時、同じ病気の先輩がいて両眼が病気になったが、恐れずに立ち向かい、手術を怖がっていたアッシにお手本を見せた。アッシはソイツを崇拝している。だからアッシの呪縛を解けるのはソイツしかいないだろう。でも考えてみたら、アッシが凍眠から覚醒した後もセンターで働き続けている理由はよくわからないな。いや、待てよ、そういえば『未来医学探究センター』にステルス・シン効したはずだからね。アッシの覚醒後、その時限立法は失イチロウが関わったというウワサを聞いたことがあるぞ」

いきなりパパが登場したのでびっくりした。神出鬼没とはパパのための言葉かもしれない。

「以前の謝罪会見の時、佐々木さんはパパと連絡を取ったんですけど、昔からパパと知り合いだったみたいです。今回、臨時教授会の招集をパパが提案したのは佐々木さんに、です」

「げ、つまり曾根崎教授の関与はあっち陣営に筒抜けなのか。それってサイアクじゃん」

まるで中坊みたいな口調で言うと、白鳥さんは肩をすくめた。

「ま、それでも僕が何とかするしかないな。周りはノロマで無能な連中ばっかで、お荷物で足を引っ張るヤツしかいないんだ。ほんと、なんとかしてほしいよ」

田口教授と高階学長から、本日最大の怒気が流れてくるのが感じられた。

結局、中学生トリオがもう一度「未来医学探究センター」に行って佐々木さん、できれば美智子や赤木先生ともコンタクトを取ってセンターの内部情報を得るようにという、白鳥さんの指示を受けて解散した。三田村とヘラ沼はくたびれてしまったらしく、帰宅することになった。

ぼくは大学に来たついでに『神経制御解剖学教室』に顔出しした。カンファレンス・ルームには誰もいなかった。以前は活気があったけど、ダイナモみたいな赤木先生が引き抜かれて草加教授はやる気をなくしてしまい、毎朝の報告カンファレンスもやらなくなった。

机の上には小学生向けコミック誌『ドンドコ』がある。試し読みした草加教授がハマって、毎号買ってきて医局の控え室に置くようになった。カンファが開店休業状態になった今、毎週木曜にやるのは午前中いっぱい「ドンドコ」を隅から隅までじっくり読むことだけだった。

スーパー中学生医学生ともてはやされた少年のなれの果ての姿が、教室の鏡に映っていた。

2章
使わぬものは、アウト・オブ・眼中。

6月1日㈭

翌日、6月になった。チーム曾根崎の男子3人は放課後、「桜宮岬行き」のバスに乗った。

前回は味方だと信じていた佐々木さんに裏切られたと思い動揺していたけれど、今回は白鳥さんが、佐々木さんが魂を売るはずがないと断言してくれたので、少し安心した。

「未来医学探究センター」の成り立ちと、佐々木さんの過酷な人生も知った。そんな人があのプロジェクトに賛同するはずがない、とぼくは確信した。それに誰より〈いのち〉を大切に思っている美智子が、あちらの状況を教えてくれるはずだ。

バスが到着したのは日没寸前、この前と同じくらいの時間になった。ドアのところにインターホンがあるのに気がついた。これが「使わぬものは、アウト・オブ・眼中」ということだな、と実感する。呼び鈴を鳴らすと扉が開く。中に入ると、1階のエントランスの奥にテーブルがあり、4人で食事をしていた。真正面に真っ赤なスーツ姿の小原室長。その左手に座った美智子が目を見開いた。小原さんの向かいでモアイのような図体をした赤木先生が、鳥の胸肉にかぶりついていて、並んで座る佐々木さんと同じく、ぼくたちに背を向けている。

小原さんが、手にしたフランスパンをお皿に置いて、微笑する。

「佐々木君って彼らのことをよくわかっているわねぇ。昨日の予言通りね」

「予言じゃありません。俺がヤツらなら、そろそろこないと手遅れになると思っただけです」

「それって同じことよ。つまりあの子たちはあなたと同じレベルのインテリジェンスの持ち主

だということね。ちょっと意外だけど」

それはちっとも意外じゃない。佐々木さんと同レベルの知性を持っているのは、ぼくたちで

はなくて小原さんの天敵の厚労省の火喰い鳥なんだから。

小原さんが手を叩（たた）くと、白エプロンにシェフ帽を被（かぶ）ったコックさんが顔を出した。

「テーブルをひとつ出して、3人前の料理の追加をお願い」

〈ウイ、マダム〉〈かしこまりました、奥さま〉

フランス語でシェフが答えると、ウエイターがテーブルと椅子を追加してくれた。美智子の

隣にヘラ沼、その隣に三田村、ぼくは美智子の斜め前、佐々木さんの隣に座った。

「せっかくだから、ディナーを食べながらお話ししましょう。あなたたちはツイてるわ。今宵（こよい）

はアントレがうずらの赤ワイン煮、メインが白身魚のムニエル、デザートはプディングという、

月に一度の豪華版の日ですもの」

「うお、ラッキー。進藤は毎日こんなご馳走（ちそう）を食ってるのかよ」と、目の前に運ばれてくる

料理を見ながらヘラ沼が言うと、美智子はおずおずとうなずく。

「どうしたんだよ、進藤。口が利けなくなったのか」

「そんなことないよ」と答えた美智子の声はか細くて、消え入りそうに小さい。

「お前、ちゃんと家に帰っているのか」とぼくが訊（たず）ねる。美智子はうなずく。

「毎日、帰ってるわ。日曜日はお休みだし」

ほっとした表情をした、小原さんが言う。

「中学生の女の子を預かるんだから、文科省としても万全の態勢で毎朝毎晩ハイヤーで送り迎えをさせているわ。でも坊やたちは、そんなことが聞きたくて来たんじゃないんでしょう?

ディナーはもうすぐ終わるから、残り時間はあと少ししかないわよ」

急かされてぼくは焦る。聞かなければならないことは山のようにある気がして、でもそれは全然整理されていなくて、津波のように襲いかかってくる。ヘラ沼も同じように焦っていたが、ヤツは目の前の料理を食べきれるかということを心配している。そんな中、アントレの鳥の胸肉を上品な仕草で食べていた三田村が落ち着き払って言う。

「トレビアン。ソースはブルゴーニュの赤ワインですね」

「〈エグザクトモン、ムッシュ〉(ご指摘の通りです)」とシェフが、恭しくお辞儀する。

「では質問します。赤木先生がIMPに協力してくれていた時……」

「ちょっと待って。わからないことは質問させてもらうわ。IMPって何?」

「いのちを(I)守れ!(M)プロジェクト(P)の頭文字を取った、あたしたちの運動の名前です。メンバーはここにいる5人に如月師長を加えた6名です」と美智子が小声で答える。

「あの爆弾娘ね。プロジェクトに引き抜こうとしたけど、けんもほろろに断られたわ。でもひとつ訂正させて。あの新種生物の名称は〈いのち〉ではなく『こころ』よ。そのグループ名も『こころを(K)守れ!(M)プロジェクト(P)』=KMPと変更すべきね」

「史実をねじ曲げるのは歴史修正主義者といって、歴史学では絶対に許されないことです」とぼくは抗議する。歴史オタとしては当然の態度だ。

「めんどくさい人たちね。昔のことをどうしようが、どうでもいいわ。好きにすれば」

「では質問を再開します。赤木先生は〈いのち〉の巨大神経細胞を使って研究したいとおっしゃいましたが、現在、その研究をやっていますか」

三田村の質問に対し、赤木先生は微笑で答えた。

「してない。君たちと〈いのち〉を傷つけるような検査はできるだけしないと約束したし」

「〈いのち〉ではなくて『こころ』よ」と小原さんが訂正する。

赤木さんはめんどくさそうに、小原さんを見た。ぼくは続ける。

「でも〈いのち〉の肘に採血の痕がありました。侵襲検査をしていないなんてウソですね」

「ソネイチャンは相変わらず人の話を聞かないな。俺は〈いのち〉の身体を傷つけるような検査は『できるだけ』しないと言った。採血は一般検査だから約束に反していない。そもそも学長裁定に従ったままなら、〈いのち〉のことはわからずじまいで将来〈いのち〉のためにならないということを今では、進藤クンも理解している。そうだよな、進藤クン？」

うつろな目をした美智子は、「はい」と言ってうなずいた。

「ほんとに分からず屋さんねえ。〈いのち〉じゃなくて『こころ』だって言ってるでしょ」

赤木さんは小原さんの訂正を無視した。三田村が更に追及する。

「それならなぜ〈いのち〉を拉致して3週間も経つのに、『ネイチャー』のラピドレポートを1本も出さないんですか？　赤木先生は常識的な検査をすれば、今すぐにでも『ネイチャー』クラスの論文を何本でも書けると豪語していたのに」

赤木先生の顔が一瞬歪んだ。でもすぐに持ち前の負けず嫌いの表情に戻る。

「もっと根源的な研究に取りかかっているから、枝葉末節の研究に時間を割くヒマはないんだ。『ネイチャー』に載せることなど今、俺が取り組んでいる研究と比べたら、些末なことだ」

『ネイチャー』への論文掲載が、些末なこと、ですって？」と三田村は心底驚いた声を出す。

小原さんが口を挟んだ。

「こころプロジェクト』は分業体制で、論文は藤田教授の担当なのよ。でも藤田先生はこれだけの素材を得ながら四苦八苦している。以前坊やが関わったプロジェクトが頓挫したのも、彼が無能だったせいかもしれないわね。あの役はいくらでも替えがいるから問題はないけど」

「〈いのち〉に関する基礎的研究が些末だというのなら、赤木先生は今、どんな研究をしているんですか」とぼくが斬り込むと、赤木先生は微笑した。

「俺が目指しているのは『意識』の移植技術だ。それが、『プロジェクト』の中心になるなんて夢のようだ。『こころハウス』と『未来医学探究センター』は世界最先端の研究施設になる。

「赤木先生、喋りすぎよ」と、小原さんがストップをかけた。赤木さんは咳払いをした。

遠くを見た赤木さんの目には、ぼくたちも〈いのち〉の姿も映っていないようだ。

「デザートも終わったわ。私たちは夕食後も深夜まで仕事をするから、もう帰って」

これだけ聞けば十分かと思ったけど、考えたら一方的に向こうの言い分を聞かされただけだ、と気がついた。これでは白鳥さんに罵倒されてしまう。

「あの、滅多にない機会なので『未来医学探究センター』を見学したいんです。施設を見るだけなので、問題ないですよね。〈いのち〉は別の建物にいるわけですし」

腕組みをした小原さんは、「どうする?」と佐々木さんに訊ねた。

「好きにすればいい。ただし地下室の奥と2階の奥の部屋は絶対に覗くなよ」

「どうせなら案内してあげればいいのに」

「面倒くさいです。中学生にもなって『ハイパーマン・バッカス』みたいな、幼稚で低俗なコミックに夢中なヤツのために割く時間なんてありません」

佐々木さんは立ち上がると、部屋の中央を上下に貫く螺旋階段を地下室へ降りていく。

「進藤さんと赤木さんはもうひとがんばり、『こころ』の反応実験にケリをつけましょう」

美智子も立ち上がる。ぼくたちともう少し話したい、と言うのではないかと思ったので拍子抜けした。テーブルに残されたぼくたち3人のところに、シェフと給仕係の人がやってきて、片付けを始めた。三田村が「セテ・ボン」とシェフにお礼を言う。

「三田村、お前って、フランス語が喋れたのかよ」とヘラ沼が驚いたように言う。

「大したことないです。食事のテーブル・トークだけですから。昔、お祖父さまにフランス料理店のディナーに連れていってもらった時に教わったんです」

それって大したものなのだよ、ムッシュ、とぼくは心中で呟いた。

地下室の奥と2階の奥の部屋は絶対に覗くな、というメッセージを考えた。ハイパーマン・バッカスの隠れファンの佐々木さんが、ぼくたちと袂を分かったように見える今、突然ハイパーマン・バッカスについて言及したことに何かしらのメッセージが隠されている気がした。

名作の誉れ高い第I期バッカス第8話、「アベコベ星人ヒックラーゼの逆襲」を思い出す。

悪の組織に囚われた隊員が本当のことを言っていることをバッカスに理解させて、正しい情報を伝えたというストーリーだ。

佐々木さんがぼくたちの隠れ味方でも、レッドカード・レディがいたら本当のことは言えないから、アベコベのことを言ったのかもしれない。すると「地下室の奥と2階の奥の部屋は絶対に見るな」という言葉は、絶対にそこを見ろということだ。佐々木さんが地下室に降りた今、地下室の奥を覗くのは不可能だ。するとあのメッセージは、2階の奥の部屋を見ろ、ということになる。ぼくはヘラ沼と三田村を1階に残し、ひとりで2階への階段を上っていった。

センターの2階には3室あった。最初の部屋には書類が乱雑に積み上げられていた。カルテの山の側にパソコンがたくさんあり、ちかちか点滅している。佐々木さんの仕事場だろう。

2番目の部屋は鍵が掛かっていた。一番奥の部屋の扉のノブを摑み、おそるおそる回し、そろそろと扉を押し開くと、薄暗い部屋にたまご形の椅子が見えた。カプセルみたいだ。

ブウン、という低い稼働音が響く。取り囲むコンピューターのランプが明滅している。カプセルのてっぺんからは何本も絡み合ったコードが延びて、コンピューターと接続している。カプセル椅子の中には小柄な男性が座っていた。白い作務衣姿は椅子の保護色みたいだ。

「誰だ?」と言って、男性が細い目をうっすら開いた。

その掠れた声を耳にした瞬間、背筋が冷たくなった。

ぼくの脳裏に、越冬中の紋白蝶が羽を開閉している様子が浮かんだ。

あわててドアを閉める。息苦しくなって、しばらく息を整えた。

センターを退出する前に、地下室の佐々木さんに挨拶した。中央の黒いグランドピアノから、

視線を奥に走らせる。絶対に見るなと言われた地下室の奥の一角に、大きな水槽が見えた。

そこからもたくさんコードが延びていて、周囲のコンピューターと接続している。

2階と同じように、ブゥン、という機械の低い稼働音がした。

ソファに寝そべっていた佐々木さんは、上半身を起こすと冷たい声で言い放つ。

「グズグズするな。用が済んだらさっさと帰れ。2階の奥の部屋はぼくに見せたかったのだ。でもあの白装束の人は誰で、あそこで何をしているんだろう。謎は深まるばかりだった。

暗黙のメッセージだ。やっぱり2階の奥の部屋を覗いていないだろうな」

報告を翌日の金曜日にすべきか悩んだ。白鳥さんが何て言うかは想像できる。

——なんで重要な事実を摑んだのにさっさと報告にこないかなあ。貴重な情報もボンクラののんびり屋さんが抱え込んで知るべき人に届かなければ無価値なんだよ、む・か・ち。それが日本が無謀な太平洋戦争に突っ込んだ理由で今霞が関に蔓延している宿痾の発生母地でもある。

まさかぴちぴちのスーパー中学生医学生がその宿痾に罹患しているなんてビックリだよ。こうなると東城大をバイオハザード地区に指定しないといけないね。

なぜ脳内で白鳥さんが勝手に暴走しているんだ。しかもぼくが知らない単語を勝手に喋りまくっている。この妄想は本当にぼくの脳内シナプスの活動なのだろうか。それともぼくの中に、自分の知らない人格が感染してしまったのか。赤木先生の「シナプス内全情報存在論」からすればぼくはシラトリ・ベクターに感染しているのかも。今、そんな状態で白鳥さんに報告をしたら、病気は悪化してしまう、なんて非科学的なことを考えてしまった。

生物番組「ヤバダー」フリークとしては絶対に許されない思考は、危険な兆候だ。

だからぼくは脳内の非難に耐え、明日ではなく来週月曜に報告に行くことにした。

白鳥さんの「ここは腰を落ち着けて総力を結集しよう」という発言に呼応した部分もある。

それと別にもうひとつ、別の外的状況があった。

白鳥さんへの報告をいつにするか悩んでいる最中、ぼくの許（もと）に1通のメールが届いた。

東京に住む双子の妹の忍（しのぶ）からだ。メールを読んだぼくは、違和感を覚えた。

✉ ディア、お兄。今朝の朝食はスクランブル・エッグとトーストでした。忍

をぼくにするような殊勝な性格ではない。ぼくは返信した。

パパから毎朝受け取っていたメールと瓜二つ（うりふた）の文面だったからだ。加えて忍はこんなメール

✉ カオル→忍へ。何なんだ、このメール。

すぐにチロリン、という音がした。

✉ ディア、お兄。明後日の土曜日、ママが手作り料理を作ってお待ちしています。忍

ますます怪しい。もう二度と家に来ないで、と言っていたクセに。二卵性双生児の妹の忍と

34

初めて会ったのは1ヵ月半前、まだ〈いのち〉が孵化する前だった。

忍のことを考えていたら、メールの文面がみるみる変わって見えてきた。

――なにをグズグズしてるのよ。あたしが来いって言ったらさっさと来ればいいの。

わかったよ、と脳内変換された忍の罵倒に苦笑しながら、メールを打つ。

✉カオル→忍へ。了解しました。明後日のお昼頃、お宅に伺います。

メールを送信した後で考え込む。忍のヤツ、何をたくらんでいるんだろう。

そんなこともあったので、金曜日に白鳥さんに復命するのは止めたのだった。

6月3日、土曜日。東京の手前の品川で新幹線を降りて、JRからメトロに乗り継ぐという高度なテクニックに挑戦してみた。巨大な東京駅は迷うけど、品川駅なら大丈夫だろうと思ったのが浅はかだった。品川駅は負けず劣らず巨大だった。でも2度目の東京訪問なのでゆとりがあり、複雑怪奇なメトロの路線も一度使えば、路線を3回乗り継げばいいと把握できた。

ぼくは無事、笹月駅に到着した。長いエスカレーターで地上に出ると古びた巨大スーパー・ササツキの看板が見えた。そこから歩いて10分でセント・マリアクリニックに到着した。

初めて訪問したのは1ヵ月半前の4月中頃、東京への修学旅行の自由行動の時で、隣に美智子がいて、あれこれ世話をやいてくれたのに、鬱陶しいとしか思わなかった。

でも今、隣に美智子はいない。失って初めて、人は価値に気づくものだ。

ぼくは眩しい日々の中で、贅沢に時を浪費していたんだと初めて気がついた。

クリニックの玄関の横手にある、小さな門のチャイムを鳴らすと、「はあい」と返事がして、玄関のドアベルがカランコロン、と鳴り、エプロン姿の理恵先生が姿を見せた。

「ようこそ、薫さん。来てくれて嬉しいわ」

ぼくは「ご招待、ありがとうございます」と頭を下げた。

前回は三田村の名前を騙ったから、曾根崎薫としてここを訪問したのは初めてだ。

「他人行儀な挨拶なんかしてないで、さっさと入りなさいよ」

相変わらず忍は口が悪い。ぼくは苦笑して玄関に足を踏み入れた。

応接室のソファの前のローテーブルに飲み物と、食べ物の皿が並んでいた。

「これはイカスミのピザですか?」

「うん、スパニッシュ・オムレツのなれの果てよ」

「じゃあこっちのかた焼きそばみたいなのは?」

「普通の明太パスタのつもりだけど」

見慣れない料理に聞き慣れた名前がついているのを聞くと、異次元世界に紛れ込んだ気がした。理恵先生はぼくの真向かいに座ったけれど、忍は立ったまま座ろうとしない。

「だからムリしないで、いつものケータリングにすればよかったのに」と忍に言われた理恵先生は、しょんぼりと肩を落とす。

「実は私、あまり料理をしたことがなくて……。いつもお母さんのおいしい手料理を食べていたから、自分で作る必要がなかったのよ」

はあ、と生返事をして、勧められるままイカスミ卵焼きをひと口齧る。炭の味がした。

「ママはお兄に手料理を振る舞いたくて柄にもないことをしたんだから、味はともかくとして、努力だけは認めてあげて」

「もちろんだよ。いえ、あの、美味しいです」とぼくは涙目になって言う。

「そう、よかった」と言って理恵先生も黒いオムレツを口に運ぶと、微妙な表情になる。

「これはスパニッシュ・オムレツというより……野焼きの卵焼きね」

そんな料理があるとは知らないけど、そういう料理なんだと思えば食べられないことは……、

いや、やっぱ無理だな。

「途中で止めてよかった。ママったらフルコースで5品も作るつもりだったんだから」

ぼくは吐息をもらう。それは忍のファインプレーだ。

「せっかくだからいただくわ。あたしもママの手料理は久しぶり。滅多に食べられないし」

「あら、忍ちゃんたら、ひどい言いようね」

ぼくは「ちょっと手を加えていいですか」と言ってキッチンから、調味料を持って戻った。

「夜食の時マヨネーズを掛けて醤油をひとたらしするんです。これなら結構イケるかも」

細い口からマヨネーズを押し出した後で数滴、醤油をたらす。忍がおそるおそる黒炭卵焼きをひとかけら口にする。

「あ、劇的においしくなった。お兄ってひょっとして料理の天才？」

「マヨネーズは万能の調味料で、その魅力に嵌まった人たちを『マヨラー』って呼ぶんだ」

理恵先生はマヨネーズのボトルを手に取り、しみじみ眺めた。

「カロリーが高いから敬遠してたけど、見直したわ、マヨネーズさん」

「白米に掛けても最高です」とぼくが言うと、今度やってみようかな、と忍が小声で言う。

偉大なるマヨネーズの力で、理恵先生の手料理は全て消費できたのだった。

食後に出た紅茶は一級品だった。理恵先生はカップを置き、ぼくを見た。

「ところで〈いのち〉君のプロジェクトはどうなっているの？　連絡もないんだけど」

ぼくはぽつぽつと経緯を説明した。忍も何も言わずに聞いている。

ひと通り説明し終えると、理恵先生は即座に言った。

「これから白鳥さんという方の指揮に従うわけね。文科省が絡むとおおごとになりそうだから、帝華大にいる私のパートナーに様子を聞いておこうかしら」

「信用できる人なんですか」と訊ねたのは、耳学問で聞いていたからだ。帝華大は別名官僚養成大学と呼ばれて霞が関とツーカーの関係だということを、

「あの人が帝華大の上層部に残れているのは奇跡よ。それは同時に希望でもある。理恵先生は微笑する。あの人は信用できる。頭はいいけど使い方が雑で、自分の出世には無頓着なの」

理恵先生が、パパ以外の男の人のことを話すのを聞いていたら胸がもやもやした。

「でも理恵先生が信頼する人なら問題ないだろう。むしろそれは今のぼくたちにとって、まさに必要な援軍かもしれない。すると忍が言った。

「そういえば清川先生は今日の夕方、お手伝いに来るんじゃなかったっけ」

「そうだった。ちょうどいいからご紹介するわ。今後、どんな展開になるか想像つかないから、繋げられるものは繋いでおいた方がいいと思うの」

38

抵抗はあったけど、「大行は細謹を顧みず」というではないか。歴史オタの信条を思い出し、

「是非紹介してください」とお願いした。

「時間があるから、あたしの部屋で少しお話ししましょうよ、お兄さま」

「そうなさいな、薫さん。私は夕方まで仕事だから、終わったらまた呼ぶわ」

これは忍の強制呼び出しだ。こっちが本題だな、と思ったぼくに選択権はなかった。

忍の部屋に通されるのかと思ったら、忍は向かいの部屋をノックした。

「どうぞ」という男性の声がした。ドアを開けるとパソコンが置かれている机が見えた。

大型のタワー型デスクトップが5台並び、その前に巨大モニタが置かれている。

実際に見たことはないけど、まるでSEの業務机みたいだ。背を向けて座っていた男性は、

回転椅子を回しこちらを向いた。肘掛け椅子に両手を置き、背筋を伸ばしている。

後ろ姿は大人に見えたけど、顔は若い。ひょっとしたら同年代くらいかも。

「座ったまま失礼します。シノブちゃんの義理の兄妹の青井タクです。初めまして」

「あの、その、義理の兄妹っていうのは、どういう……」

タクさんは微笑して忍を見る。君が説明しなさい、と視線で言っているようだ。

「タク兄はクリニックをお手伝いしてくれる看護師さんの息子さんで、あたしと誕生日が一緒

なの。つまりお兄とも同い歳のわけ。あたしとは兄妹みたいに育てられたんだけど去年、正式

にママと養子縁組してほんとの兄妹になったの」

「ということはぼくのお兄さんにもなるのかな?」

「いえ、僕が弟ですよ、カオル兄さん」とタクさんが首を振る。

「ここを手伝っている看護師さんの息子さんということは、理恵先生のパートナーの清川先生の息子さんということ?」

「とんでもない。すっとこどっこいの吾郎小父さんということよ」

「その意味ではどちらかというと、吾郎小父さんはお兄に似てるわ。この、ボケナス兄貴に今の危機的状況を説明してあげて」

そう言った忍は、はっとした表情になって、取り繕うように早口で言う。

「それよりタク兄、この人なら大丈夫だよ」

「わかった。実際に見てもらうのが早いだろうね」

そう言ってタクさんは回転椅子を回しモニタと向き合う。手は椅子の肘掛けに置いたままなのに、モニタ画面の上でカーソルが、蛆みたいに目まぐるしく動き始める。

「どうしてキーボードに触っていないのに、入力できるんですか?」

「ALS（筋萎縮性側索硬化症）という、全身の筋力が徐々に衰えていく病気の人のために、視線で入力できるシステムが開発されていて、それを使っているんだ」

「ALS? タクさんはALSなんですか?」

「え? タクさんは、ぐるりと椅子を回し、再びぼくと向かい合う。

「シノブちゃん、暑いからこの上着を脱がせてくれないか」

「え? でもそれは……」

「この人なら大丈夫だよ。君のお兄さんなんだから」

忍はなおためらったが、やがてタクさんの側に寄り肩に手を掛けると、タクさんの両腕を押

さえて上着を脱がせる。すると、脱がせた上着に腕がついてきた。

黒いノースリーブ姿のタクさんには、両腕がなかった。

「タク兄は生まれつき両腕がないの。学校でいじめられて一時は引きこもりになったんだけど、吾郎小父さんが帝華大で開発されたALS患者用の入力システムをPCに入れたらタク兄はたちまちC言語を会得して、ネット界の天才と呼ばれるようになった。今はタク兄はプログラミングの仕事をしてる。でもそれは表向きで、真の姿は義賊ハッカーよ」

「義賊ハッカーって何?」

「ハッカーはセキュリティ・エリアに不法侵入して情報を不当にゲットする泥棒よ。ネット上の財産を泥棒したりして稼ぐけど、義賊ハッカーが侵入するのは国家システムとかで、盗むのは、国家に不都合な証拠。それを公開して市民社会を守るから『義賊』なの」

「そんなことして、逮捕されないのか?」

「リスクはあるわ。違法行為だし身元を特定されたら逮捕される。でもタク兄は天才で、痕跡（こんせき）を残さず侵入して、得た情報を広く世界に発信してるのよ」

「コイツの逃げ足が速いだけさ」とタクさんは視線で白馬の形をしたマークを指す。

「その義賊ハッカーさんが、ぼくに何の用があるんですか」

忍は天井を仰いで、深々とため息をついた。

「お兄って鈍いわね。そもそもあたしがお兄と食事したいだなんて本気だと思った? さすがにそうは思わなかったでしょ? あたしのメールを本当によく読んだ?」

「お前のメールって、あのパパと同じような朝食の献立メールで……」

言いかけたぼくは、はっとして口をつぐむ。

「やっとわかったみたいね。パパとのメールは3週間前から、シャットアウトされてる。お兄も同じでしょ。理由を調べるためタク兄に、文科省サイトに侵入してもらったの」

〈木馬〉は、ボディが小さいからどこにでも侵入し、ネット上を動き回り検索情報を集めて圧縮して戻ってくる。ネットにつながるパソコンがコイツのテリトリーだ。小さくて速いから捕まりにくい。このソフトはネットの世界の知識の全てをあっという間に網羅できるんだ」

「それって何だか神さまみたいですね」とぼくが素直な感想を口にする。

「まあ、それに近いかもね。教会や大聖堂で神さまに祈りを捧げるのは、コンピューターの世界ではスパコンに相当するけど、本当の神さまはひとりひとりのこころの中にいる。このソフトはそんな風にして1台1台のパーソナルなコンピューターの中に潜り込めるんだ」

「コンピューターウイルスみたいなものですか?」

「ちょっと違うな。むしろミトコンドリアに似ているかも。昔は細胞外ウイルスだけど、今では細胞のダイナモ役だ。〈木馬〉もミトコンドリアと似たイメージなんだ」

「つまり寄生ではなくて共生ですか?」と気がつくとぼくはタクさんに敬語を使っていた。

「さすがシノブちゃんのお兄さんはスーパー中学生医学生だけあって、医学的な喩(たと)えが上手だね。あちこちのパソコンを自分の宿みたいにし、立ち寄り最後は戻ってくるんだ」

「それでその〈木馬〉が文科省のパソコンにもお邪魔したんですね」

「文科省のホスト・コンピューターには簡単に侵入できたけど、『こころプロジェクト』関連の情報に接触しようとしたらセキュリティ・レベルがいきなり上がった。世界最高峰のアメリ

カ国防総省クラスだ。そのギャップに〈木馬〉が戸惑ってしまった。鍵も掛けていない建物の中で、一室だけ厳重の金庫みたいに入りにくい部屋があるようなものだからね」

「因みにパパとのコンタクトが遮断されたのは、パパが国防総省の中枢に侵入しようとしたのがバレたせいらしいの」と忍が言う。

朝食の献立しか息子にメールしない、ものぐさなパパが、生臭い権力中枢に侵入しようとしたなんて信じがたい。その間もタクさんは、モニタ上にカーソルを目まぐるしく躍らせる。

「関係各所を巡ったけど、この案件に関する統制は見たことがないくらい高度なんだ」

タクさんはメール画面を開く。そして目を閉じて椅子の背にもたれかかった。

そこには２週間分の未送メールが並んでいて、ひとつ開いては閉じていく。

✉ Dear Kaoru,　朝食はハムエッグとオレンジジュースだった。Shin
✉ Dear Kaoru,　朝食はシリアルとミルクだった。Shin
✉ Dear Kaoru,　朝食はピザトーストとカフェオレだった。Shin

怒濤のようにパパからの未着のメールが押し寄せてきて、胸が一杯になる。

パパは届いていないと知りつつ、毎日律儀にぼくにメールを送り続けていたのだ。

「曾根崎教授のメールは封鎖され、教授はそのことに気づいているけど気づかないふりをして、これまで通りメールしている。ここでジタバタしたら敵はセキュリティ・レベルをアップさせてしまうだけだから、賢い選択だと思う」

ドラマの中でしか聞かない、巨大組織の名前を耳にしてふと思い出す。

「タクさんは『ダメポ』って言葉、聞いたことがありますか？」

タクさんの眉がぴくりと上がる。赤木先生が口にして、小原さんにたしなめられて黙ったことを説明すると、タクさんは天井を仰いだ。しばらくして、静かに言った。

「シノブちゃん、悪いけど僕はこの件とは距離を取らせてもらうよ」

「ええ？　いきなりどうしたのよ、タク兄」

「僕の手に余るデンジャラス・ゾーンに入ったようだ。身の安全が確保できなくなる」

「タク兄ってそんな腰抜け野郎だったの？」

「そうだ。シノブちゃんは僕を買いかぶっている。僕は自分の安全を確保して、そこでできる精一杯のことをやってきただけだ。それはこれからも変わらない。相手が『組織』だとすると、僕の〈木馬〉が捕まってしまうかもしれない。そうなったら一巻の終わりだ。ただでさえ僕は人よりも不自由な身体だから、そうなったら手だけじゃなく足も出なくなってしまう」

「見損なったわ、タク兄。カオル兄貴やあたしのパパがピンチなのに見捨てるの？」

タクさんは苦しそうに顔を歪めた。

「タクさんの判断は正しいと思う。この世界では自分の身は自分で守らなければならない。それは『ヤバダー』でも繰り返し言われている、自然の摂理だ」

「『ヤバダー』ってなに？」

「『ヤバいぜ、ダーウィン』という生物番組の愛称だ。自分でできる範囲で自分のやれることをするっていう態度は、この世界では絶対的な真理だから、間違ってはいない」

なおも憤懣やるかたない様子の忍を見ながら、ぼくは続けた。

「前に、無茶な論文投稿をさせられたことがある。あの時のぼくに、今のタクさんみたいな冷静な判断力と撤退する勇気があれば周りの人たちを悲しませずに済んだと思う」

忍は黙り込んだ。タクさんが言う。

「僕の気持ちを代弁してくれてありがとう。でも僕はそんな大した人間じゃない。『組織』のことを少しは知っている僕から忠告する。君もこの件からは手を引いた方がいい」

「忠告は聞いておきますが、ぼくの前にはぼくが見つけた〈いのち〉と大切な友だち、そして先輩がいます。だからぼくは手を引けません」

「力になれなくてごめん。でもこういう状況で手を引けない人がもう1人いる。曾根崎教授だ。教授は僕が知る限り世界一シャープな人だ。だから近いうちに何かアクションを起こすと思う。僕もモニタは続けるから、何かあったらシノブちゃんを通じて伝えるよ」

「それだけでも助かります。よろしくお願いします」

ぼくは握手をしようとして、タクさんの腕がないことに気づいて頭を掻く。忍は憮然とした表情で、「なんだか2人で勝手に意気投合しちゃってさ。ま、いいけど」と言った。

その後、忍の部屋につれていかれた。ベッドにばふっと横たわり、忍が言う。

「ああ、ムシャクシャする。やっぱ今夜は『どん底』に行こうかな。お兄も一緒に来る?」

ぼくはうなずく。山咲さんには行き先は理恵先生のところだと言ってあるので、遅くなっても大丈夫。実は忍が言い出さなければ、ぼくの方から頼むつもりでいたのだ。

その後、清川先生に引き合わされた。手短に紹介した忍はすぐに姿を消し、ふたりきりにさ
れた。初対面の相手、しかも帝華大学医学部の教授という偉い人なのに、ずいぶん
雑な扱いだな、と気の毒になる。すると清川先生は思いがけないことを言う。

「君は桜宮中の生徒だって？　この前、修学旅行の自由行動で帝華大医学部の見学に来た生徒
がいたけど知り合いかい？　ちぐはぐな2人組で、片方は帝華大の歴史から現状まで隅々まで
知っている帝華大フリークなのに、もう片方は僕の説明を聞きながら鼻クソをほじっていたよ」

「同じ班の連中です。あの時ぼくは別行動でここの見学に来たんです」

「君は理恵君の息子さんだそうだけど、忍ちゃんとは雰囲気が違うね」

「そうなんです。忍はぼくとパパが違うなんて言うんですが、そんなことあるんですか」

「理恵君ならやりかねないね。あ、今の発言は体型だと誤解されるから、理恵君には黙っていてくれよな」

「ひょっとして、理恵先生はぼくのバトルは終わって、願いは成就したんだ。彼女のバトルは終わって、願いは成就したんだ。それにしても『冷徹な魔女』だなんて物騒な渾名だ。

「今の理恵君からは想像もつかないだろうね。昔は『クール・ウィッチ』なんて呼ばれ
ていたんだ。あ、今の発言は体型だと誤解されるから、理恵君には黙っていてくれよな」

「彼女の戦場は、旧弊はびこる日本社会に代理母出産を認めさせるということだったんだ。

「あれ、怒ってるの？　君なら、自分の存在が社会のためになって喜ぶかと思ったんだけど」

「そんな実験動物みたいな扱いされたら誰だって怒ります。だいたい、ぼくのことをよく知ら
ないクセに、どうしてそんな風に思うんですか」

「それは君が、僕の愛する理恵君の息子だからだよ」

歯が浮くようなセリフをチャラッと言えるなんて、やっぱりこの人は信用できない。ぱっと見、苦み走ったハンサムだし、口やかましい忍もボロクソに言わないからたぶん、それなりの人物ではあるのだろう。

「僕は感動の再会を果たした君たち親子に水を差してしまったようだ。若干、訂正しよう。理恵君は真っ直ぐすぎる、不器用な女性なんだ」

自戒していたんだが。

「でもぼくや忍を広告塔代わりにして自分の主張を認めさせたことに変わりはないでしょう」

「激しい口調は理恵君そっくりだ。理恵君は君たちの存在を公表していない。代理母の山咲みどりさんに止められた。そんなことをするなら産んだ子は渡さないと言われたんだ」

「ぼくを守ってくれたのは山咲さん、つまりぼくのお祖母さんだったんですね」

「その通りだが、人間は誰でも過ちを犯す。理恵君は妊娠できない女性の苦しみ、悲しみを救いたいと願うあまり、君たちを危険に晒すところだった。でもそのことを注意され思いとどまったんだから、理恵君のことは赦してあげなよ」

「ぼくたちを使って啓発活動をしなかったなら、なぜ代理母は世に認められたんですか」

「それは僕の力さ。理恵君は君たちの存在を代理母を広める活動に使わなかったが、僕は大いに利用した。そもそも、代理母出産が社会に導入されなかったのはなぜか。不妊の娘のため何かしたいと思う母親は大勢いる。当事者の意見が尊重されれば代理母はもっと早く日本社会に導入できたはずだ。だが新しいシステムを導入しようとすると、必ず口を挟んでくる輩がいる。代理母問題では当時の上司のわからんちんのクソジジイ、おっといけない、頑なな信念をお持ちの屋敷教授が強硬に反対したんだ」

「なぜですか」

「変化を嫌う爺さん連中は自分が気にいらないと、世の理解を得られないと言い換える。彼ら
は『問題は起こりませんか』と訊ねる。当事者が出世して、世の中はちっとも変わらない」
走るお偉いさんの気持ちに迎合する下っ端が出世して、世の中はちっとも変わらない」

「新聞記者さんは『首相案件だ』と言っていましたけど、あれも一種の自主規制なんですね」

「理解が早いな。それなら理恵君を赦してあげられる」

「清川先生はぼくたちのやり方を利用していません。それを聞くまでは無理です」

「おお、うっかりした。僕は君たち双子の存在を上司の屋敷教授を説得するため利用したんだ。
屋敷教授はゴリゴリの代理母反対論者で、感情的でどうしようもなかった。だから不本意なが
ら、僕は君たちの存在を匂わせて屋敷教授を脅迫したんだ」

「脅迫ってどんな風に?」

「いや、脅迫ではないかな。真実を丁寧に伝えただけだ。曾根崎講師が代理母出産しました。
週刊誌に手記を掲載し、屋敷教授が代理母出産に反対していることにも触れるようですがどう
しましょうと聞いたら教授は激怒して、『清川、何とかしろ』と言われたので『理恵君の決意
は固く、オープンの場で議論に応じるようです』と伝えたら湯が沸いた薬缶みたいな顔で『そ
れは絶対許さん』と言う。『辞表を受理したのでもう彼女には、教授のお叱りは届きません』
と申し上げたら、屋敷教授は『手段は選ばんから手記の公表をやめさせろ』と泣きついてきた
から、『それなら理恵君の反逆を無力化する一手があります』と教えて差し上げたんだ」

「それってどんな一手だったんですか」とぼくはワクワクして訊ねた。

「理恵君の先手を打ち日本産科婦人科学会から代理母を容認する声明を出してしまえばいいんです」『バカモン。今さら儂にそんなことができるか』『御意』ってな按配さ。まあ結局は力及ばず、学会からは先頭に立てないから、お前がやれ』『御意』ってな按配さ。まあ結局は力及ばず、学会からは代理母は原則禁止すべし、という声明が出されてしまったんだけどね」

ぼくは唸った。確かにこの人はぼくたち双子の存在を最大限に利用し、代理母を社会に呑み込ませた。でもそのことでぼくたちは何も不利益を蒙っていない。見事なやり口だ。

「理解しました。そういうことならぼくたちは理恵先生を赦します」

「よかったよ。ここまで話しても駄々をこねるなら、こちらも強権発動しなければならないかな、と思っていたからね」

「強権発動って、どんなことですか」

「君たち双子を取り上げたのは、実は僕なんだ。産婆さんならぬ産爺の言うことは聞くもんだ、と言おうと思ったのさ」

その時、理恵先生がこの人をパートナーに選び、忍がこの人を認めている理由がわかった。

清川先生は、夕方の外来で患者さんを何人か診て帰っていった。理恵先生も忍も、お見送りしなかった。そんな雑な扱いを目の当たりにして、この人は一家の一員なんだ、としみじみ思った。清川先生が帰った後、応接間にいたら、理恵先生と忍が口喧嘩をしながら入ってきた。

「ママは絶対反対よ」「あたしの進路をママにとやかく言われたくないわ」「こっちだってそんなママに育てられた覚えはないわ」「ママはあなたをそんな子に育てた覚えはないわ」

理恵先生は応接間のソファにぽつんと座っているぼくを見てうろたえた。

「いっけない、薫さんがいたんだっけ」

え？　ひょっとしてふたりともぼくの存在を忘れてたわけ？

ひどすぎる……。

驚いたけど、取りあえずふたりの口論の原因を聞いてみた。

「原因はこれよ」と理恵先生が差し出した紙は、ぼくにも馴染み深い書類、進路希望調査書だ。

「あの、確か忍……さんは、中高一貫の女子校だったのでは？」

「そうよ。なのにエスカレーター式の高校進学をやめて音大の付属高校に行きたいだなんて、突然言い出したのよ」

「そりゃ、あれくらい才能があれば……あ、いて」

足に痛みが走る。この子が医者にならなかったらクリニックは潰れてしまうわ。

「いや、ひょっとして、忍……さんには隠された才能があるかもしれませんし、若者なら夢にチャレンジしたくなることもあるかな、なんて思ったりもしますけど」

「冗談言わないで。今の成績なら推薦で医学部に進学できるのに、音楽家になりたいだなんて信じられない。この子が医者にならなかったらクリニックは潰れてしまうわ」

「それは院長先生の三枝先生がお考えになることでは……」

「三枝先生はご事情があってご結婚されてないの。子どももいないから、忍が継がないとここは廃院になってしまう。そうなったらこの地域の産婦人科医療が支えを失ってしまうのよ」

革命的で開明的に見える理恵先生も、娘を前にしたらただのお母さんなんだ、と思う。

「結局、本人がやりたいことをやるのが一番だと思います。ぼくなんていまだに進路を決めて

ないから、しっかり進路を決めているなんて、妹ながら尊敬します」

「薫さんてば何を言っているの。あなたはもう東城大医学部に進学しているじゃない」

「表向きはそうなんですけど、いろいろありまして……」

しどろもどろになったぼくを見た理恵先生は、ぽん、と手を打った。

「いいことを思いついた。薫さんが忍の代わりにこの医院を継いでくれないかしら」

「ええぇ？ なんでぼくが？」

「薫さんも私の子どもなんだし、中学生でありながら私の母校、東城大学医学部に進学しているスーパー中学生医学生ですもの。そうだ、清川先生にも一緒に説得してもらいましょう」

「あの、清川先生はお帰りになりましたけど」

「あら残念。でもこういうのは本人の意志が大切ね。どう、薫さん、クリニックの跡継ぎになることを本気で考えてもらえないかしら」

「え、いや、あの……そうだ、忍、お前が行っている塾をぼくに紹介してくれるんだろ」

「え？ ああ、そうだったね。ママ、今日はこの辺にして。お兄と一緒に晩ご飯を食べるから、お金ちょうだい」

理恵先生は「外食は栄養が偏るのに」とぶつぶついいながら千円札を2枚忍に渡した。

「薫さん、今の話は真面目に考えておいてちょうだい。返事はいつでも構わないから」

ぼくはほうほうのていで、セント・マリアクリニックを後にしたのだった。

「お前もいろいろ大変なんだな」としみじみ言うと、忍はハンバーガーにかぶりつく。

「やんなっちゃう。今夜は『どん底』でご飯を食べようと思ったのにツイてないわ」

バーガー店で夕食を食べ終えると、隣の「どん底」へ向かう。地下の重い扉を押し開けると、カウンターに赤いバンダナをしたビッグママが、でん、と座っていた。

隣で黒いサングラスを掛けたバーテンダーさんが白い布でグラスを磨いている。奥の席には、磯だまりに迷い込んだ熱帯魚みたいな、ブルーのドレス姿のSAYOさんが座っている。

「せっかくだけど今夜はお茶っぴきだよ。ライブはナシだね」

「今夜はイライラして、いい演奏ができそうにないから、ちょうどいいわ」

「荒れてるねえ。何かあったのかい?」

忍は理恵先生との諍い(いさか)を話した。ビッグママは、ふん、と鼻先で笑う。

「解決は簡単さ。やりたいようにやればいい。するとママに出ていけ、と言われるから、そうしたら出ていけばいいんだよ」

「冗談言わないで。中学生なのに独り立ちなんてできるわけないじゃない」

「それならママの言うことを聞くしかないね」

「わかってるわよ。ああ、むしゃくしゃする。ビッグママ、1曲弾いてもいい?」

ステージに立つと忍は弓を構え、一気にバイオリンを弾き始める。激情の旋律が溢れ出る。

客はぼくだけ。小曲を弾き終え忍が席に戻ると、オレンジジュースを一息で飲み干した。

「怒っている時の方がいい演奏をするね。その気持ちを忘れなければ、音大なんて楽勝だよ」

「音大入学が目標じゃないんだろ」と黒サングラスのバーテンダーさんが言う。

「さすが牧村(まきむら)さん、わかってくれてる。あたしは親に敷かれたレールを走るのがイヤなだけ」

「でもそれは卑怯だわ。正々堂々と話し合うべきよ。しのぶちゃんのお母さんは、あなたとき

ちんと向き合っているんだから」とSAYOさんが言う。

「ねえ、ビッグママ、お客さんはいないけど、私も歌ってもいいかしら?」

ビッグママはぼくを指差して、「客ならいるじゃないか」と言ってうなずく。

「そうね。失礼しました。瑞人さん、『La Mer』(海)を歌いたいんだけど、いい?」

バーテンダーさんがグラスを磨く手を止め、グラスをことり、と置く。

「好きにすればいい。なにを歌うかは、小夜さんの自由だよ」

SAYOさんは手元の箱を開けると、銀色に輝くティアラを取り出して髪につけた。

「しのぶちゃん、弓つきの伴奏をお願いできる?」

忍はSAYOさんの隣に立ち演奏を始める。これだけ弾ければ音大に行きたくもなるだろう。

でも理恵先生に忍の気持ちは伝わっていない。忍の演奏を聴いたことがないからだ。

　——なんだ、話は簡単じゃないか。

次の瞬間、SAYOさんの歌が聞こえてくると、さざ波が打ち寄せる白い砂浜が見えた。

少女がワンピースの裾を翻し、走り去る。バーテンダーさんが落としたグラスが、テーブル

を転がった。コップを取り上げようとして、手探りするが、手はコップを摑めない。その様子

を見ていたぼくの中で、ふいにいろんなことが、かちりと音を立ててつながった。

「アッシは後輩」「アッシには同じ病気の先輩がいて」「アッシの子分だから助けてやるよ」

ぼくは転がったグラスを取り上げて、手渡しながら言った。

「あなたはレティノを患った、佐々木さんの先輩だったんですね」

グラスを受け取ったバーテンダーさんの口元に、微笑が浮かんだ。

「小夜さんの歌は共感覚を励起するんだ。脳内ではすべての刺激は電気信号に変えられるということは知っているかい？」

「シナプスの電気活動を封じ込め、こころを移植する研究をしている先生に教わりました」

「それなら話が早い。森羅万象は電気信号に変換され認知される。聴覚も視覚も、感情や思考も全て電気信号だから、混線しないできちんと伝わるようになっている。その境界を乗り越えるシグナルを送り込めば、歌で情景を映し出すことも理論上は可能になるんだ」

「理解は難しいですけど、理解するしかないんですね」

「理論は現実を翻訳するために打ち立てるべきで、理論に合わないからといって現実を拒否するのは本末転倒だ」

「牧村さんはSAYOさんと、どういう知り合いなんですか？」

「瑞人さんは、私が勤務していた病棟の患者さんだったんです」とSAYOさんが答えた。

「東城大の小児科にいらしたんですね。如月師長はご存じですか？」

「もちろん。翔子は同期で一番の仲良しだったの」

「だから佐々木さんはショコちゃんに頭が上がらないんですね」

「そうよ。翔子に逆らえる人なんて、誰もいなかった。翔子は1階の救命救急センター勤務で、私は2階の小児科病棟勤務だった」

「お兄、牧村さんとSAYOさんにも〈いのち〉ちゃんについて説明した方がよくない？」

さすがはわが妹、ナイス・アドバイスだ。ぼくがひと通り説明すると傍らで聞いていた忍は、

「お兄もいろいろあったのねえ」とため息をつく。

「白鳥さんが出張っているのなら俺の出番はなさそうだな」と牧村さんは別方面に反応した。

「そんなことはないです。『4Sエージェンシー』にお世話になる局面があると思います」

「でもあの人はおとなげないからな。ハイパーマン・バッカスにおけるシトロン星人偽善問題を議論して、幼稚園児のアッシをコテンパンに叩きのめしたんだ。そのトラウマのせいでアッシはハイパーマン・バッカスが好きだと公言できなくなってしまったんだ」

ほええ、そうだったんだ。そう言えば会議に白鳥さんが乱入してきた時、佐々木さんは顔をしかめていて、白鳥さんについてのコメントは辛辣だったっけ。SAYOさんが言う。

「瑞人さんが毛嫌いする気持ちはわかるけど、『良薬口に苦し』と言うし、我慢しないと」

「あの人は『良薬』なんかじゃない。『劇薬』で、しかも『毒薬』だ」

牧村さんは白鳥さんを一刀両断に斬って捨てた。牧村さんと白鳥さんを無理に引き合わせる必要はなさそうだ。ぼくが真ん中にいて、2人に協力をお願いすればそれで済む。

「だって〈いのち〉については、ぼくたちの問題なんだから。

「そういえば、佐々木さんって、どんな子どもだったんですか?」

「バッカスが大好きで、シトロン星人がお気に入りの泣き虫坊主だったよ」

その時、お客さんが入ってきた。時間は9時を回っていた。新幹線の最終に間に合うように、店を出た。忍も、今夜はライブはやらないと言って一緒に出た。

地上に出ると、大きな満月がぼくと忍を照らしていた。

3章
軽薄鈍感エゴイスト、世にはびこる。

6月4日（日）

美智子には小3の時から散々面倒を見てもらいながら、家を訪ねたのは今回が2度目だ。最初は美智子が転校してきた小3の年、お誕生日会に招待された時だから5年以上も前だ。その時は「デカい家だな」と思ったけど、今ならもう少しマシな感想を言える。桜宮駅近くの繁華街、蓮っ葉通りから少し離れた閑静な住宅街の一画にある豪邸だ。セキュリティはしっかりしていて塀もコンクリートの高い壁だから自衛隊が攻めてきても半日は持ちこたえられそうだ。

ついそんなことを考えてしまうのは〈いのち〉強奪事件の際、自衛隊のレンジャー部隊が東城大のオレンジ新棟を爆破したという記憶がまだ生々しく残っているせいだろう。

インタホンを押そうとして、指先が震えているのに気づいて、深呼吸をする。

仕切り直してボタンを押そうとした時に、ガーと音を立て門が開き「オハイリクダサイ」という人工音声がした。門を入ると広い中庭があり、その先に玄関のドアが見えた。背後でゲートがゴゴゴ、と閉まり、玄関のドアが開く。そこに背の高い男性が立っていた。

「曾根崎君だね。初めまして、美智子の父です。米国では君のお父さんにお世話になった」

「こちらこそ、その節は父がお世話になりました。美智子さんのパパはご在宅でしょうか」

ぼくは精一杯礼儀正しく訊ねた。一瞬、美智子のパパの顔が曇った。

「本当は日曜は休みのはずなんだが、緊急事態が発生して2時間前に迎えがきた。昼過ぎには戻ると思う。お茶菓子を出すから、少し待っていてくれないかな」

取りあえずお言葉に従った。お茶菓子につられたわけでは、決してない。

応接間に通されると美智子のパパが、おぼつかない手つきでお茶を運んできた。

「家内が出張中でどこに何があるか、わからなくてね。こんなものしか出せないが」

お盆の上にポテトチップスの山。嫌いじゃないけどこんな山盛りにされたら、どこから手を付けるか悩ましい。お腹はすいていて、喉が渇いてしまう。

要するにぼくは、ドツボっていた。山盛りのポテチはすごく美味しくて、食べ始めたら止まらなくなり、あっという間になくなった。予想通り、しばらくして猛烈に喉が渇き始めた。後先考えず本能の赴くまま突っ走ってしまうんだよなあ、と自省しばし。

お茶を一緒に出してもらわないと、ポテチは昼飯代わりにはなりそうだ。でも塩辛いからお茶を一緒に出してもらわないと、喉が渇いてしまう。「ごゆっくり」と言われても、他人の家の応接間でゆっくりできるはずもない。見回せばテレビはあれどリモコンが見当たらない。

玄関のドアが開いて、「ただいま」という声が聞こえた。

先考えず本能の赴くまま突っ走ってしまうんだよなあ、と自省しばし。ガーと門が開く音がした。車が進入する音、ばたん、とドアの閉まる音、車が出て行き門がゴゴゴ、と閉まる音。

「あれ？　お客さま？」という声に、とたたたと足音がした。

「カオルが来てる？　なぜ家に上げたのよ。契約書に〈いのち〉関係者との接触は禁じるって書いてあるのに。国際弁護士が文科省との契約を破っていいと思ってるの」

「そんなこと言ったって強引に上がり込まれて、腹が減ったから何か食べさせろって言うから大切なポテチを出したんだ。ああいう図々しい子にはお前が直接言ってくれないと……」

オウ、酷いよパパ。ぼくはそんなこと、ひとかけらも言ってないじゃないか……。

応接間の扉が開くと、美智子が腕組みして立っていた。ぼくは反射的に最後のポテチのかけらを口に放り込み、呑み込んだ。

美智子は、ぽすん、と向かいのソファに座る。

「マイケル、冷房つけて」と言うと、「カシコマリマシタ」という電子音声がして、エアコンが作動し始めた。

「なんだ、これ。未来都市かよ」

カオルって古いわね。今や音声入力システムは家庭に常備される時代よ」

「いや、違うよ。美智子の家が最先端なだけだ」

ぼくの家では「山咲さん」が魔法の呪文だ。「山咲さん、テレビ点けて」とか。

「テレビのリモコンがないけど、それもそのなんとかシステムなのかよ」

美智子が「マイケル、テレビ点けて」と言う。「カシコマリマシタ」という声がして壁一面が黒くなり、ぶうん、という音と共に総天然色の画面が現れた。

なんと「ヤバダー」の神回、「ホトトギスの托卵」の回ではないか。日曜のこの時間に「ヤバダー」の名作選の再放送をやっているなんて、凄い収穫だった。

だけど、美智子はあっさり「マイケル、テレビ消して」と言う。ぶうん、という音がして応接間の壁は白く戻った。

「で、いきなり家にやってくるなんてどうしたのよ、カオル」と美智子の声は冷ややかだ。

「お前のことが心配になったからだ。どうしたんだよ、休学なんかして」

60

「それは説明したでしょ。『こころプロジェクト』に参加して学校に行けなくなったのよ」

「『こころ』じゃなくて〈いのち〉だろ」

「もうどっちでもいいわ。〈いのち〉ちゃんの面倒を見るのが今のあたしの任務だから」

「だからってあいつらの言いなりになるのかよ」

「じゃあどうしろって言うの。あたしは〈いのち〉ちゃんの付き添いで、あの子は今、小原さんが面倒をみてる。そしたらそのプロジェクトに参加するしかないじゃない」

「そりゃそうだけど……。アイツらの〈いのち〉の扱いは丁寧なのか？」

アイツら、とは小原さんとその一味だけど、赤木先生や佐々木さんまで含まれることに気がついて、愕然とする。美智子は一瞬口ごもるが、すぐに言う。

「あたしが訴えていろいろ変わった。満足はしてないけど我慢はできるわ。やっていることはカオルと一緒に〈いのち〉ちゃんの面倒を見ていた頃と変わらないわ」

そんなことはわかっている。でも……。

「本当にこのままでいいのかよ」

「そんなことわからない。反論すれば止まるけど、いつまで続くかしら。プロジェクトに参加する時、誓約書を書かされた。〈いのち〉ちゃんと関わった人との接触は禁止されているから、東城大の人たちやチーム曾根崎のみんなとは会えない。本当はカオルと話をしてもいけないのよ。この前話せたのは小原さんが一緒だったから。でもカオルってハチャメチャね。切れ者の国際弁護士のパパの防衛網を強引に突破するなんて、米国の多国籍企業の顧問弁護士でも、やれる人は滅多にいないわよ」

その言葉でわかった。美智子のパパは、ぼくを美智子と会わせたかったんだ。

「ひとつだけ、確認しておきたい。今後プロジェクトの方針が変わり、〈いのち〉の身に危険が及ぶようなことが起きても、お前は契約を守り続けるつもりなのか」

美智子はいきなり、ばん、とテーブルを拳で叩いた。

「バカなこと言わないで。〈いのち〉ちゃんを傷つけるようなら、あたしがぶっ潰すわ」

ぜいぜいと息を荒らげた美智子に、「カシコマリマシタ」と金属的な音声が答えた。

「それを聞いて安心した。こちらは白鳥さんを中心に総力戦を準備中だ。もしもヤバい、と思う事態になったら連絡しろ。その時はぼくがすぐに駆けつけるから」

ぼくの顔を見つめていた美智子の大きな瞳に、涙が溢れた。「ありがと」と、指先で涙をぬぐう。張り詰めていた風船が萎んだみたいに、美智子はぐったりした。

「なんだか疲れちゃった。夕方また迎えがくるの。申し訳ないけど、少し休ませて」

美智子は部屋を出ていった。ぼくはその後ろ姿を見送った。しばらくすると、美智子のパパがやってきて、ぼくにUSBメモリを手渡した。

「美智子は毎日家で詳しい業務日誌をつけている。職場の業務日誌をコピーして家で育児日記を追記しているんだ。その業務日誌プラス育児日記のコピーを、持って行きなさい」

「え？　それは美智子とプロジェクトの契約違反なのでは？」

「契約といっても生き馬の目を抜く国際社会の商取引契約で、獣道を見つけ非合法行為を正当化してきた私からみれば児戯に等しい。そもそも美智子は未成年で契約は親権者の私が代行するから、あの手この手で保留事項をねじ込んだ。それは口頭で小原氏との間に契約書はない。

62

つまり私に守秘義務は適用されないから、情報を渡しても問題ない。おまけにこの契約は破綻している。

時間外労働規則や8時間労働といった国際労働基準の条約違反の上、日本の労働基準法にも違反する業務形態だからね。メディアにリークすれば、プロジェクトは一発で瓦解するだろう。つまり私はプロジェクトを破壊する爆弾の起爆装置を握っているわけだ」

そう言って美智子のパパは不敵な微笑を浮かべた。

「いざとなったらそれで連中に一泡吹かせてやる。でもこの情報は無闇に出さないでほしい」

「安心してください。ぼくは〈いのち〉を守るためには何でもしますが、それ以外は我慢します。

美智子も同じことを言っていたので、その考えに沿った行動は認めてくれると思います」

「ありがとう。君みたいな友人がいてくれて、美智子は救われるよ」

それは逆だ。ぼくは美智子に救われてきた。だから今度はぼくが彼女を助ける番だ。

結局、「未来医学探究センター」の訪問報告を先延ばししたのは正解だった。この3日間でぼくはいろいろな重要情報を入手した。もう絶対に「グズでノロマで鈍いパンピー」だなんて言わせないぞ、と意気込んで、田口教授に秘密会議メンバーの臨時招集を依頼した。

6月5日、月曜日。チーム曾根崎の男子3人は、給食を食べ終えると午後の授業を早退した。

学長室に着くと高階学長、田口教授、白鳥さんの3人が待ち構えていた。

白鳥さんが、にっと笑う。

「緊急招集を掛けるなんていい度胸だね。内容がくだらなかったら、承知しないからね」

隙あらば相手にプレッシャーを掛ける白鳥さんは、根っからのいじめっ子かもしれない。

ぼくたちが集めた情報を報告した。「未来医学探究センター」再訪の件は三田村が報告した。

ぼくが聞き漏らしていた医学情報をきっちり押さえているのはさすがだ。先週、あやうく医院の跡取り息子になりかけたぼくは、重責を淡々と担う三田村を尊敬の眼差しで見てしまう。

「赤木先生の研究は『ＮＣＣ（神経意識連関）における代替刺激置換現象について』で、その過程で得られるのが『感覚意識体験』、学術用語で『クオリア』です。意識をニューロンの接続性と関連させる研究で、〈いのち〉の巨大神経細胞を使い神経伝導実験をするのではないかと予想しましたが、赤木先生はもっと総括的な実験を考えているようです」

赤木先生から聞いた説明を思い出す。「クオリア」とは脳内にある「たまっころ」みたいなもので、赤木先生はクオリアの「代替刺激置換現象」の電気的刺激を別のものに置き換えて、認知している世界を再構築しようとしているのだそうだ。三田村は続けた。

「『ネイチャー』クラスの論文が此末ならば、〈いのち〉の神経活動分析しか考えられません。現代医学では心臓も移植できても、脳は移植できません。ヒトの意識は脳に宿っているから、赤木先生の研究は最終的に『意識』の移植、つまり『こころ』の移植だと考えられます」

白鳥さんは手を打って「ブラボー」と言う。

「高階センセに田口センセ。この賢明な少年はおふたりの思惑の遥か上空を飛んでるようだね。今からでも遅くないから、飛び級させるのは三田村君に変更した方がよかない？」

いきなり、ないがしろにされたぼくは、咳払いをすると、口を開く。

「続いて報告します。曾根崎教授から協力要請されたセント・マリアクリニックの山咲先生にお会いしたところ、帝華大医学部産婦人科教室の清川教授を紹介していただきました」

「ええ？　あの清川教授はセント・マリアクリニックとも関係していたんですか。それなら、私も自由行動の時に訪問したかったです」

ぼくは「また今度な」と言い、報告を続けた。

「清川教授に代理母出産の社会認知について教えていただいた後、知り合いの店で東城大の関係者と会いました。牧村さんという方で白鳥さんのこともご存じでした」

「え？　瑞人と会ったんだ」と白鳥さんもさすがに驚いたようだ。

「SAYOさんという歌手の歌も聞き、『共感覚』という現象を教えてくれました」

「瑞人のヤツ、まだ浜田さんとツルんでいたのか。それにしても曾根崎君は知識や情報が整理できていないのに、ツキで重要ポイントをクリアしているね。ものごとを成功に導くのはそういう能天気なヤツなんだけど……」

頭をぐりぐり押さえつけながら同時に高い高いをするみたいな感じの褒め言葉だ。

高階学長や田口教授が白鳥さんを毛嫌いする理由がなんとなくわかった。

ぼくはUSBメモリを取り出し、白鳥さんに渡した。

「昨日の午後、進藤さんのお宅に行きました。〈いのち〉に関する『こころプロジェクトです』ではUSBメモリの中身は、彼女の業務日誌です」

白鳥さんは鞄からノートパソコンを取り出し、即座にUSBメモリをマウントした。

「前言撤回。曾根崎君は『ツキだけ坊や』じゃなくて行動力も抜群だ。進藤さんも優秀だねえ。ほほう、そこでそうくるか」と白鳥さんはぶつぶつ呟きながら美智子の業務日誌を読み耽る。

「ところで、赤木先生がちらりと口にしていたんですが、『ダメポ』って何なんですか？」

ぼくが質問すると、白鳥さんはパソコンのモニタから視線を上げた。

「赤木先生がそんなことを口走ってたの？　マジか。それってサイアクのシナリオだな。それは君たちみたいなパンピーは知らない方が幸せなんだけど、まさにそういう組織の名前だよ。

しかしここで『DAMEPO』が出てくるとはなあ。ああ、どうしたらいいんだ……」

しばらく頭を抱えていた白鳥さんは、やがてぱっと顔を上げた。

「今回は根が深いとは思っていたんだ。文科省らしからぬ対応スピードの利いたブレインはいない。官邸が乗り出しても、口先の国崎首相の周囲に迅速に対応できる気の利いたブレインはいない。百億円もの研究資金提供を即決するなんて無理だ。首相の渾名（あだな）は口パク・マリオネットだからね。では国内でえばりまくる国崎首相がヘコヘコする相手は、この世でひとりだけしかいない。もったいつけてもしょうがないから答えを言うよ。お軽い神輿（みこし）の国崎首相を自由自在に操れる人物は世界にただ一人、アメリカ合衆国大統領だけさ。米国のシンクタンクはいち早く〈いのち〉から利益誘導システムを構築した。アメリカ大統領の指示なら百億円の拠出なんてお茶の子さいさい、しかも『スカーレット』が手先とは地獄の組み合わせだよ。そんな合衆国の精鋭部隊に対抗できるのはボストンのステルス・シンイチロウだけ。曾根崎教授はそこまで見通して緊急要請したのに東城大のボンクラ首脳陣がのんびりしていたから、たちまち手も足も出なくなっちまったっていうわけさ」

「そう言うあんただって、私がサポート要請をしたのに、のんびりしていたでしょう」と田口教授が反論すると、白鳥室長は人差し指を立て左右に振りながら「ちっちっち」と言う。

「田口センセが僕を『あんた』なんて言ったらダメ。かりそめにも師匠なんだから。そもそも

田口センセのもやっとした依頼のせいさ。

そう言うと白鳥さんはポケットからスマホを取り出した。

「僕がスマホを持つなんて堕落したもんだ。まあ、便利ではあるけど。えと、これこれ」

白鳥さんはメールの文面を読み上げた。

「前略、白鳥室長殿。東城大で緊急事態発生、臨時教授会を開催します。藤田教授が暗躍している可能性あり。念のため、リスクマネジメント態勢を取っていただけますか。田口拝」。

ほらね、会議が曾根崎教授からの緊急要請であることには触れず、フィクサーは藤田教授だと誤認してるでしょ？それなら小原を引っ張り出すのがせいぜいだと判断したワケ。つまり田口センセは緊急性を認識していなかったワケ。どう、反論ある？」

田口教授は、ぐむ、と言って黙り込む。

『DAMEPO』は『ディフェンス・アメリカ・メトロポリタン・エンサイクロペディック・ポテンシャル・オーガニゼーション』の略で『アメリカ国防高等科学研究計画局』というアメリカ国防総省が統括する研究機関だ。前身のAMEPO（高等科学研究計画局）は冷戦真っ只中の1958年、NASA（米国航空宇宙局）と共に創設されたんだ」

NASAと言えば、平介小父（へいすけおじ）さんが働いていた研究施設だ。なんだか縁が深そうだ。

「AMEPOはベトナム戦争で使われた枯葉剤（かれはざい）など化学兵器の開発をしていた。1972年、頭に国防という言葉をつけ現在の『DAMEPO』になったんだけど、やっていることは同じ。

つまり〈いのち〉君を使って生物兵器を開発しようとしている可能性が高いね」

軍事技術開発さ。『DAMEPO』が絡んでいたら年間予算百億円を準備するなんて朝飯前だ。

黙ってお菓子を食べていたヘラ沼が、全部平らげて顔をあげた。

「おっちゃん、さっきからゴタゴタ言ってるけど、結局俺らはどうすればいいのさ」

「僕にアイディアがあるけど、まず僕をおっちゃん呼ばわりした坊やの意見を聞いてみようか」

「俺なら相手の懐に爆弾を放り込むよ。爺ちゃんと父ちゃんをNASAに派遣してカオルの父ちゃんに作戦を立ててもらう。カオルの父ちゃんも手駒がいなければ何もできないからね」

「その手は思いつかなかった。その発想は『ツラを張られたら張り返せ』という、アメリカ精神の支柱であるキリスト教の思想とも合致するね。ところで坊やの爺ちゃんと父ちゃん、一騎当千の戦士なのかい？」

「戦士かどうかはともかく、発明家としては有名だよ。『深海五千』という潜水艇を作って新種のホヤを発見して、『ヤバいぜ、ダーウィン』にも出演したんだから」

ふうん、と聞き流したので、白鳥さんは「ヤバダー」のファンではなさそうだ。

「そういえばステルス・シンイチロウから何か新しい指示はあったかい？」

「それが、あの騒動の翌日から、毎日きていたパパのメールが届かなくなったんです」

みんなの視線が一斉に集中する中、ぼくは答えた。その場の空気が凍り付いた。

「すると坊やの戦略は土台から崩れたね。こうなったらやっぱり総力戦になるね。『敵』はそこら中にはびこる『組織』という名の厄介ものので、自分勝手なアメリカ大統領とその取り巻き、その太鼓持ちとして世界中から笑い物になっている口先首相が加われば完璧にサイアクだ。それはまさに、『軽薄鈍感エゴイスト、世にはびこる』状態だからねえ。

その言葉を聞いてハイパーマン・バッカスの神回、第Ⅱ期最終回の「史上最低の闘い」を思

い出す。最凶最悪の敵、妖獣バガンはあまりにも強すぎて、周囲をすぐ壊滅させてしまうので、自分の周囲1キロを完全に破壊して消滅する運命にある伝説の怪物だ。

でもソイツが苔怪人モスモスと共棲関係になり地球を破滅する災厄になるという物語だ。

あの時、バッカスはどうやって妖獣バガンを退治したんだっけ……。

どうもぼくは、フリークのクセに肝心な情報を忘れてしまう傾向がある。いや、フリークだからこそなのかもしれないけど。そんなぼくの内心の葛藤に気づかない白鳥さんは、滔々と続けた。

「そんなトンデモコンビが、そこら中にはびこる『組織』と合体したら、地方大学の学長や、公立中学の仲良しトリオが力を合わせても太刀打ちはできないだろうね」

聞けば聞くほど、状況は絶望的だ。でも発言の深刻さとはうらはらに、白鳥さんの能天気な言葉を聞いていると、呆れるのを通り越して逆に勇気づけられるから不思議なものだ。

こういうのを人徳というのかもしれないと思ってから、人徳という単語がこれほど似合わない人もいないと思い、くすくす笑った。白鳥さんは、危機的状況にあっても人々に笑顔とゆとりをもたらす、ビリケンかフクスケみたいな存在なのかもしれない。でもそんな風に思ったなんて口が裂けても言えっこない。結局、臨時秘密会議で今後の方針は何も決まらなかった。

4章
修羅場は敵と味方の見分け場所。

6月6日(火)

臨時秘密会議を終えて家に帰ったぼくは、改めて美智子の業務日誌を読んでみた。美智子のパパが「業務日誌プラス育児日記」というだけあって、美智子の〈いのち〉に対する愛情が溢れていた。「育児日記」は、〈いのち〉が生まれた翌日に始まった。

四月二十一日　金曜日　晴れ
　ゆうべ、たまごが孵化した。修学旅行の帰りの新幹線で、佐々木さんがラインで、たまごが生まれそうだと報せてくれたので、すぐに秘密基地に向かった。その後、一度家に帰って両親の許可を貰った。秘密基地で様子を見ていたら夜中に生まれそうになったので洞穴に行ったらすぐに孵化が始まった。生まれてすぐ「ピギャア」と大声で泣いたのでびっくりしたけど、すごくかわいい。私が「いのち」という名前をつけた。いのちちゃんの身長は私より少し大きいくらい。生まれた瞬間からママより大きいなんて生意気だけど、可愛くてしかたがない。平沼君のお祖父さんの発明品「コロコロ眼鏡君」で撮影した画像は全部ダメになっていた。佐々木さんはドジしたと言ったけど、本当はいのちちゃんが自分の生まれたところの記録を残したくなくて画像を消しちゃったんだろうと思う。

72

赤ちゃんの世話のため、東城大の小児科の如月師長さんが夜中なのにランクルに乗って来てくれた。

秘密基地で、いのちちゃんの面倒を見るという計画は無理だと、酷く言われた。佐々木さんは翔子さんに文句を言われるのに慣れっこみたいだった。不思議。

夜が明けたらいのちちゃんが大泣きしたので、白湯と粉ミルクをあげたら泣き止んだ。

「もうおすわりをしてる」と翔子さんはとてもびっくりしていた。

そういえば、私はいのちちゃんが生まれた正確な時間を覚えていない。四月二十日の真夜中、四月二十一日になっていたかもしれない。後でゴタゴタするのはイヤなので、いのちちゃんの誕生日は四月二十日午後十一時半と決めてしまおう。

いのちちゃんはオレンジ新棟で面倒をみてもらうことになった。外の光を見て「ピギャア」と泣いたけど、私が子守唄を歌って背中をとんとんしたら泣き止んだ。翔子さんが小型トラックを借りてきて、いのちちゃんを荷台に乗せて運んだ。体重は三十二キロあった。身長は一メートル五十センチくらい。

オレンジ三階の部屋は殺風景だけど、いのちちゃんがのびのび過ごすにはぴったりだ。いのちちゃんは裸なのでシーツを掛けたけど、すぐ手でのけてしまう。

午後六時、面会時間が終わって、帰宅する。どこの世界に子どもを置き去りにする母親がいるだろうと思ったけど、その理屈は通らなかった。

今日が修学旅行の代休でよかった。明日は土曜日だし朝からオレンジに行けて嬉しい。

今日からこの日記を書くことにしたのも、いのちちゃんの記録を残すのはお母さんの仕事だと思ったからだ。でもちょっと疲れたので、まだ九時だけど寝ることにする。

四月二十二日　土曜日　曇り

いつものお休みより早起きしたのでママはびっくりしていた。

「美智子が朝ご飯を食べるのは久しぶりね。修学旅行に行って食欲に目覚めたのかな」なんて、相変わらずピントがズレてる。国際弁護士としてパパと切磋琢磨している人には見えない。

でも考えてみたらパパも相当変わっているので案外、似た者夫婦なのかもしれない。

朝九時、如月師長さんが「面倒を見てくれるご家族と一緒で、いのちゃんって幸せね」と言ってくれた。嬉しくて大急ぎで三階に行った。でも普段は使わない物置なので、こそっと忍び込んだ。いのちゃんは親指をくわえてすやすや眠っていた。当番の赤木看護師さんが看護日誌を見せてくれた。何時に白湯をあげて何時に眠ったか、全部記録されていた。私も日記を正確に書こうかと思ったけど、どうせ長続きしないし、私はママとして別の書き方をしようと思いやめた。しばらくして、いのちゃんが目を覚ました。それからおすわりした。「生まれて二日目でおすわりするなんてスーパー赤ちゃんだわ」と赤木さんが言った。

いのちゃんが褒められて嬉しい。お洋服を作らなくちゃいけないけど、いのちゃんは成長が早いからすぐに着られなくなりそう。　赤木さんは、「如月師長と相談してみる」と言った。

朝のミルクをあげた。私よりも大きな赤ちゃんをだっこしてミルクをあげるのは変な気分だ。

九時過ぎ、三田村君は身長を測ってから塾に行った。午後、カオルと平沼君がきた。二人は何かしようという気持ちがない。でも怒らないこと。私が生まれた時パパも何もしなかったと、今でもママは時々愚痴を言う。パパってみんな、そんなんだろう。

四月二十三日　日曜日　雨

雨でふだんならゆううつになるけど、いのちちゃんのところに行くから気持ちはいい天気。

ママがお弁当を作ってくれた。私がいのちちゃんのためにお弁当を作りたいけど、粉ミルクしか飲まないので何もできない。朝行ったらイチゴを食べていた。当番の若月師長さんが思いついてあげたらぱくぱく食べたので驚いたと言った。「さらに驚くべきことはね、もうハイハイしてるの。普通は生後半年くらいなんだけど」と若月師長さんは言った。

三田村君は朝九時に来て、いのちちゃんの身体のいろいろな部分を測って出て行った。三田村君は研究者みたいだけど、いのちちゃんを実験動物とは思っていない。いのちちゃんが研究されるのはイヤだけど、三田村君なら文句はない。昼前にカオルがきたけど平沼君はお休み。「アイツは孵化するまで2倍見回りしたから、後は任せるって言ってた」なんて言い訳を認めちゃうなんてリーダー失格だ。でもカオルはいのちゃんの面倒を見るため、日曜なのに来てくれたから、文句は平沼君に直接言うべきだ。平沼君はなんとなく話しづらい。フロリダでもあまり話さなかった。でもカオルがママのお弁当を食べてしまった。いのちちゃんのためのお弁当なら怒るけど、私のお昼だから許してあげよう。美味しいといって食べていたから作ったママも喜ぶだろう。若月師長さんは、いのちちゃんに肛門がないことを気にしている。

「普通は先天異常扱いするんだけど、この子はふつうじゃないし、あまり苦しそうではないからいいのかしら。おむつの心配をせずに済むのは助かるけど」と言った。いのちちゃんが機嫌よくしているなら気にしなくていいのかな、という若月師長さんの考え方には大賛成だ。

四月二十四日　月曜日　曇り

ブルーマンデー。学校へ行くのがこんなに気が重いのは初めてだ。いつものバスに乗るとカオルが乗ってきた。私の不機嫌さをカオルは何も感じていない。授業は上の空だったけど当てられず済んだし、修学旅行の自由行動班のレポートも全部集まったのでほっとする。カオルが国立科学博物館のレポートを期日通りに書き上げてきた。奇跡だ。『ヤバダー』でアフリカ猿の話を見てたらレポートのことを思い出したんだ」と言った。道理で説明が類人猿に集中しているわけだ。　産婦人科の教授なのでG班は産婦人科と関係が深い。帝華大の清川教授の対応に感動したようだ。　ふだんの私ならレポートの提出期限が遅れたくらいで怒らないけど今日は危なかった。国立科学博物館の見学で平沼君が「ボンクラボヤが面白かった」なんて一行レポートを出したりしたらキレていたかも。

三田村君はさすが専門的なレポートのG班はレポート係から外してよかった。平沼君をレポート係

情緒不安定。マタニティ・ブルーなのかな。　授業が終わるといのちちゃんに会うため教室を飛び出したのに目の前でバスが行ってしまう。おかげで後から来たカオルと一緒になるし、カオルは「人生あわてても意味はない」なんてジジムサイこと言うし。ほんとイラつく。　三田村君が朝一番でいのちちゃんの顔を見たらもやもやがいっぺんに吹き飛んだ。三田村君が一番いいお父さんかもしれない。意外だ。三田村君の観察日記が看護師さんの中で三田村君が一番いいお父さんかもしれない。昨日は研究者みたいと書いたけど、三人の男子の看護記録と並べて置いてあったので読む。私に内緒でいろいろ食べ物をあげていた。水分と

果物しか口にしない。肉や魚は口にいれても、んべ、と吐き出し穀物も食べない。ウンチしないために固形物を食べないのか、と三田村君が考察していたけど、アベコベの気がする。いのちちゃんはハイハイで、私を見るとまっしぐらにやってくる。頭を撫でると、ばぶう、と言ってにっこり笑う。いのちちゃんの笑顔を見たのは私だけだ。本当は看護師さんに報告すべきだけど、言わないでおいた。私だけの秘密。当然カオルにも言わない。放課後に行って少ししか会えなかったけど、いのちちゃんの笑顔が見られたから今日はいい日。

四月二十五日　火曜日　雨

雨だとゆううつだけど、いのちちゃんと会えばそんな気分も吹き飛ぶ。今日、三階に顔出ししたらいのちちゃんが歩いていた。本当に驚かされる。生まれた翌日におすわりしたのを見て平沼君は、「キリンや子鹿は生まれてすぐ歩き始めるぞ」なんて言ってたけど、いのちちゃんをサバンナの野獣と一緒にしないでほしい。

でも生後すぐにうろうろ歩き回る姿を見ると、平沼君の言うことも納得できる。チーム曾根崎は頼りないけど、佐々木さんは頼りになる。高校を卒業して四月から東城大学医学部の医学生になったそうだ。もともと飛び級していたのでいきなり四年生になって日中はキャンパスにいるから何かあればすぐ飛んで来てくれると翔子さんが言っていた。「あんなアッシでも、いてくれると助かる時にちゃんといてくれるのは大したもんだわ」と翔子さんは言うけど、酷い評価だ。佐々木さんも言い返せばいいのにと思うけど、絶対に言い返さない。不思議だ。

そこからは少し読み飛ばした。水曜日の日記もそんな調子だったけど、〈いのち〉の記述は淡々としてきた。〈いのち〉の破格の成長ぶりに美智子も慣れたのかもしれない。

日記の分量が増えたのは、連休前の木曜日だ。あの日のことはよく覚えている。

四月二十七日　木曜日　晴れ

朝からイヤな予感がした。学校が終わって飛んで行こうとしたらみんなも一緒に行くという。平沼君がぐずぐずしていたせいでいつものバスに乗り損ねた。平日はいのちちゃんと会える時間が短いのに。おまけに桜宮十字路の事故で渋滞していた。桜宮で渋滞なんて初詣の桜宮神社前くらいなのに。オレンジ新棟に行ったら赤木先生という先生が文句を言い始めた。感じが悪い人でカオルを「ソネイチャン」、佐々木さんを「ストッパー佐々木」だなんて呼び方をした。

赤木先生は看護師の赤木さんのお兄さんだった。二人が兄妹だなんて美女と野獣だ。でもいくらお兄さんが相手でも秘密をぽろぽろ喋るなんて酷い。赤木看護師さんは「いい人」だと思っていたけど、「いい人」は「誰にでもいい人」で、いざとなると簡単に秘密を漏らしてしまうんだ、とがっかりした。

赤木先生がいのちのちゃんを見て『ネイチャー』ものの大発見だ」と言ったのが許せなくて「この子は絶対に実験材料にさせません」と言い返した。

でも赤木先生に、オレンジ新棟にいられるのは患者さんか、医学研究のための実験動物かのどちらかだ、と言い返せなかった。

そうしたら翔子さんが田口教授を呼んで来た。この先生が、正式に病院管理会議に報告すると言ったので、赤木先生はしぶしぶ立ち去った。

やった、と思ったら翔子さんは田口先生にはきちんと頼んでいなかったらしくて、学長室に相談に行った。大学で一番偉い学長さんだけど、カオルは前にも会ったことがあるらしく、気軽に話していた。でも学長先生に相談していたら、赤木先生が上役の教授先生をつれて乗り込んできた。絶体絶命だと思ったけど学長先生は「いのち君」を見て判断します、というのでオレンジ新棟に戻った。その途端、いのちゃんは手足をバタバタさせ、「ピギャア」と泣いたけれど、私が子守唄を歌って背中とんとんをしたら収まった。

学長先生が「研究するならエシックスの先生に相談しないとダメですね」と言うと赤木先生がすごくイヤそうな顔をした。学長先生が私に、身体を傷つけない研究は認めてくれませんかと言うので、傷つけないなら我慢する、と答えた。そしたら赤木先生もそれで手を打つと言ったので、学長先生が仲直りの握手をしなさいと、私と赤木先生を握手させた。握手なんてしたくなかったけど、仕方ないので握手した。その後で、これは二ヵ月間の暫定処置で、その間に赤木先生に論文を書くようにと命じた。三田村君の観察日記があればすぐに「ネイチャー」に論文が通るでしょうと言われて、三田村君は大喜びしていた。カオルに、「リベンジですね」と言ったのに、肝心のカオルはピンときていないみたいだった。

美智子の育児日記を読んで、あの時の騒ぎを思い出した。ゴールデンウィークには美智子の育児日記の量が増えたので読み飛ばした。5月2日、身長が2メートルを超えた時は、端午の節句にお祝いしなくちゃなんている、のんびりしたことが書いてあった。

日記はいよいよヒートアップして5月3日、頂点に達する。

五月三日　水曜日　快晴

家に理恵先生と妖精娘（ニンフむすめ）がくるというので、カオルは朝、顔出しして抜けた。その後三田村君が、観察日記を書いて帰った。平沼君はいつの間にかいなくなった。お昼頃、佐々木さんが来て声を掛けてくれた。佐々木さんだけが心のオアシスだ。午後、田口教授と高階学長がきた。二人はいつも一緒で仲良しだ。これから臨時会議を開きます、曾根崎君が到着したら始めますという。いのちゃんの身体を拭いていたら、カオルが理恵先生と妖精娘を連れてきたのでびっくりした。

秘密を漏らした赤木さんと同じだと思って腹が立ったけど、理恵先生にも出席してほしいと頼んだのだそうだから仕方がない。

カオルのパパが、理恵先生にも出席してほしいと頼んだのだそうだから仕方がない。

でもそれなら妖精娘は部外者でお邪魔虫、図々（ずうずう）しい、とマジギレしそうになった。

会議で一週間後に公式発表することが決まった。そのため少し研究を進めたいと赤木先生が言うので約束違反だと抗議した。でも研究の動向はグローバル・スタンダードだからローカルでドメスティックな感情は優先されない、と脅された。私が英語を喋れることは知らないのだろう。単語は理解できたけど赤木先生が言った中身が理解できなくて反論できずにいたら、妖精娘が言い返してくれた。おかげでいのちゃんの危機は避けられた。目から鱗（うろこ）だ。

穴をあけてポンチョみたいにすればいい、と提案した。妖精娘は服はシーツにいのちゃんの窮地を二度も救ってくれたのだから、嫌いだけど感謝しよう。

そのくだりを読んで、美智子と忍が仲良くなれるといいなあと思った。

80

5月11日木曜、東城大医学部首脳陣による〈いのち〉の公式発表会。自衛隊レンジャー部隊による〈いのち〉強奪作戦が強行されたこの日は空白だ。

だからこそその時美智子が何を考えたか、知りたかったんだけど、そのことはもう知ることはできないだろう。日記を再開したのは翌日の5月12日金曜、「未来医学探究センター」にぼくと三田村とヘラ沼の3人で不法侵入した日だ。あの日美智子は夕方6時過ぎにまだ〈いのち〉がいる「こころハウス」にいた、と佐々木さんはぼくたちに言っていた。

五月十二日　金曜日　晴れ

文科省の小原さんと業務委託契約を結んだ。これからはいのちちゃんの面倒を見て、記録することが私の仕事になった。情報は外に漏らしてはいけない、と小原さんに釘《くぎ》を刺された。

朝八時にハイヤーが迎えに来た。今日から中学生医学生国家公務員という身分になるらしい。カオルと張り合うつもりはないけど、中学生医学生より一歩先を行っている。

八時半、業務開始。私が話しかける時のいのちちゃんの様子をビデオ撮影する。十時採血。

昨日初めて採血した時は「ピギャァ」と泣きわめいていたけれど今日は、泣かなかった。十一時にお昼ご飯でキウイを五個も食べた。二つに切ってスプーンで中身をあげる。すごく気に入ったみたい。最初のひと口は顔をしかめたけど、すぐにペロリと平らげてしまう。私がいなくなると泣くので、いのちちゃんと過ごす。研究されるのはイヤだけど、これくらいは我慢しないといけなくなるかもしれない。

午後一時から四時まで自由時間。学校も休んで一日中一緒に過ごすことは、私が望んでいたことだ。

これなら「こころプロジェクト」に協力するのも悪くないかも、と気持ちが揺れる。

午後五時、赤木先生が心電図、超音波撮影をやったけど、結果は教えてくれない。

「これだけ図体がデカいと検査機械がないからCTやMRIができない。ボンクラ学長の裁定で何もしなかった時期が悔やまれる。あの頃ならCTやMRIで検査できたのに」と文句たらたらだ。赤木先生がデータをまとめている間、いのちちゃんと遊んだ。それも立派な仕事なのだそうだ。なんて素敵なお仕事だろう。そのうち、いのちちゃんは身体を丸めて、寝た。

監視ビデオを見せてもらったけど、夜中はぐっすり眠っているから寝付けばひと安心。

午後八時。小原さん、佐々木さん、赤木先生と「未来医学探究センター」で晩ご飯。昨日からこうしている。フランスの一つ星レストランのシェフを雇ったそうだ。ご飯は美味しい。

小原さんは「予算はたっぷりあるから、これくらいの贅沢(ぜいたく)は許されるわよね」と言った。

佐々木さんはこの塔で別の研究をしていて、いのちちゃんの建物には顔を出さない。

だから一日一回、食事をしながら情報交換をすることにしたの、と小原さんが言う。

小原さんは絶対に同じ服は着てこない。サムシング・レッドでなにかしら赤いものを身につけている。赤いスカーフの日もある。極端だけど、似合っているからいいのかも。

佐々木さんの研究課題は「網膜芽腫(がしゅ)の化学治療薬の開発」と「心神喪失のシナプス的回復」だとと赤木先生が教えてくれた。赤木先生はその両方の専門家だそうだ。

午後十時、ハイヤーで送ってもらう。お風呂(ふろ)に入り日記を書いて就寝十二時。

この「業務日誌プラス育児日記」は6月3日で終わっていた。

ぼくが美智子の家で、美智子

のパパから日記をもらったのは6月4日だから、その前日が日記の最後なのは当たり前だ。

でも、日曜日の日記を読んで、ぼくの訪問にどんな気持ちがしたのか、知りたかった。

六月三日　土曜日　曇り

梅雨入りした。ゆううつ。朝八時半、仕事場到着。いのちちゃんと遊ぶ。片言で喋り始めたので会話が楽しい。最初に口にした言葉は「ママ」だった。誇らしい気分。ママも同じだったのかな。私は最初にママって言ったかな、といろいろ気になる。いのちちゃんの身長は二メートル九十五センチ、体重は二百キロになった。さすがにだっこは無理。でもいのちちゃんは変わらず、甘えてもたれかかってくるから、油断してると生命が危ない。いのちちゃんにいのちを脅かされるなんて、カオルでも言わないようなダジャレを考えついて、くすくす笑う。

ハウスにはいのちちゃん以外、話し相手はいない。お世話係の看護師さんは朝夜二交替で、最近やっと顔と名前を覚えた。日勤二日、夜勤二日、休み二日で規則正しく交替して、昼間は二人、夜は一人で、いのちちゃんの面倒を見てくれる。いのちちゃんは一度寝たら起きないので夜勤は一人でも問題ないそうだ。勤務中の看護師さんは能面みたいな顔で、口を利かない。翔子さんみたいな師長さんならよかったのにと思い、以前小原さんが翔子さんをスカウトしようとしたら断られたと言った話を思い出した。残念。

いのちちゃんは私と過ごす時間より、赤木先生のブースにいる時間の方が長くなっている。こっそり覗いたら、大きな椅子に座らされ美容院でパーマを掛ける時みたいな器械を頭に被っていた。実験だ、と思ったけど、泣きわめかないから痛くないんだろうと我慢した。

ディナーの時、何をしているんですか、と聞いたら、小原さんがラズベリーソースをナプキンで拭きながら、「この子になら言ってもいいわ」と言ったので赤木先生が説明してくれた。

「『こころ』の脳波を計測している。視覚野、聴覚野、思考野、言語運動野のどこが励起されているか一発でわかる最新式の優れものだ」ちんぷんかんぷんでぼうっとしてたら佐々木さんが「進藤さんはカオルよりも頭がよく理解も早いですが、いきなり専門領域の話を説明なしでされてもわかりっこないですよ」と助け船を出してくれた。「またやっちまった。中学生公務員第一号の進藤君は有能だから、つい中学生だということを忘れてた」と赤木先生は言って、

「要はこころの中で考えていることを忠実に再現する機械だ」と言った。

「いのちちゃんは赤ちゃんだから、そんな検査をしてもムダじゃないんですか」と訊ねたら、小原さんが「『いのち』じゃなくて『こころ』よ」と訂正したので、もう一度質問し直したら、赤木先生は「あれだけスペシャルな生き物がどんなことを考えているのか、知ることは大切だ。でも『こころ』には意思というか感情というか、『こころ』のようなものがなさそうなので困っているんだよ」と言う。

そんなはずはありません、いのちちゃんは私の言葉に反応するし、話しかけると笑います、と言い返すと小原さんが「『いのち』じゃなくて『こころ』だってば」と言う。

「こころ」に「こころ」がないなんて、おかしくありませんか、と私が言うと、小原さんは「めんどくさい子ね。乳幼児発達心理学では『ママ』という喃語は『マンマ』、つまりご飯を意味するとも言われているし、生後二ヵ月くらいに寝ている時、にっと笑うのを『生理的微笑』と呼ぶから、ママと呼んだり微笑んだりしても『こころ』があるとは限らないわ」と言う。

84

でもいのちちゃんには絶対こころはあります、とイライラして言うと、赤木先生が「いいこ とを思いついた。脳波検査の時に進藤クンに同席してもらおう。反応が変われば、『いのち』 に『こころ』がある証明になる。明日は日曜だけど協力してくれ」と言われてしまった。

小原さんは「それは労働基準法が⋯⋯」と言いかけたけど「とっくにそんなもんすっ飛ばし ているから、今さらね」と呟いて「確かにグッド・アイディアだわ。一ヵ月後に『だめぽ』の 上層部が視察にくると突然通告されたから、それまでになんとか成果を出さないと大変よ」と 呟いて、急に猫なで声で「進藤さん、赤木先生に協力してあげてくれる?」と言った。

週一のお休みが潰れるのはヤダなと思ったけど、いのちちゃんのためだから仕方がないので、 「いいですよ」と答えた。いのちちゃんに「こころ」があることを証明することは大切だ。も しこころがないなんて思われたら、実験動物扱いされてしまう。なので明日も出勤することに なった。ママが地方に出張中で、何も家事ができないパパの面倒を見る約束をママとしてたけ ど、こういう事情だから許してもらうしかない。

帰宅は十時、お風呂に入って就寝は十一時。

ぼくの知らないところで美智子はひとりぽっちで、〈いのち〉のために奮闘していたんだ、 と思うと、なんだか切なくなった。

でも美智子の日記を読んで、こんな不自然な状態が長続きするはずはないと直感した。

不幸にも、そんなぼくの直感は見事に的中してしまったのだった。

5章

偶然と必然と運命と宿命は紙一重。

7月10日（月）

気がついたら7月になっていた。じめじめした梅雨が続き、期末テストも始まるので憂鬱だ。

ところが桜宮中3年B組に、期末試験の直前にびっくりするニュースがあった。

「2ヵ月近く休学していた進藤さんが、明日から復学します。本当によかったですね」

そう伝えた田中先生は「よかったよかった」と何度も繰り返した。一番喜んでいるのは先生だった。美智子が補佐役を務めていたおかげで3年B組は事なきを得ていたけど、美智子の休学で綻びが出て、大トラブルになるのではないか、とひやひやしていたからみんなも喜んでいたけど、美智子の中学生公務員の業務を知るぼくは、素直に喜べなかった。すると田中先生は続けた。

「みなさん、今までみたいに進藤さんにおんぶにだっこではいけませんよ。進藤さんは午前中だけ学校に来て、午後は今まで通り文部科学省のお手伝いを続けるようですから」

田中先生はぼくを見て言った。先生には自覚症状がないんだな、と苦笑いする。

美智子の復帰が半分だけとわかり、心配も半減した。でもやっぱりいい兆候ではない。

小原さんが美智子の言い分を聞くのは〈いのち〉をコントロールできるのが美智子だけだからだ。その美智子が半分解放されるのは、彼女抜きで〈いのち〉を制御できるようになったと

88

いうことではないのか。するとこの先、〈いのち〉を本気で守る人が身近にいなくなってしまう。白鳥さんに報告して臨時秘密会議を招集すべきかとも思ったけど、さすがに明日以降でいいだろうと思い直す。美智子と直接話した後の方がいいに決まっているからだ。

翌朝。バスに乗ると、最後部の座席に座った美智子が、ぼくの顔を見て鞄をどけて隣の席を空けてくれた。「久しぶり」と言って隣に座ると、美智子は「そうね」と答えた。

「復学して大丈夫なのか？」

「どうして？　あたしなんかクラスに戻らない方がいいってこと？」

「何をトゲトゲしてるんだよ。そんなこと、誰も思うはずないだろ」

美智子はうつむいてハンカチを握りしめた。手の甲に、ぽたり、と涙が落ちる。

「な、なんだよ、どうしたんだよ」とぼくは左右を見回して小声で言う。

これじゃあまるでぼくが泣かせたみたいじゃないか。美智子は洟をすすりながら言う。

「お願い、カオル。〈いのち〉ちゃんを助けてあげて」

ぼくは呆然と、急に小さくなってしまったような美智子を眺めた。

人気者の学級委員の帰還にクラスは歓迎一色に染まった。美智子は笑顔でそつなく歓待を受けていたけれど、情緒不安定なので気が気ではない。

「はいはい、学級委員の進藤先生は国家公務員のお仕事で大変なんだから、中学生のぼくたちがいきなり質問攻めにするのは止めよう。休み時間にゆっくり話せばいいだろ」

不本意ながら交通整理役を買って出ると、いつもは「ヒューヒュー、熱いね、お2人さん」とからかうヘラ沼も何か感じたらしく何も言わなかった。チャイムが鳴って田中先生の姿が見えたのでみんな着席した。美智子が隣を通り過ぎた時、小声で「ありがと」と言った。

でもぼくの気配りは結局ムダになった。ホームルームで田中先生が美智子の復学祝いを盛大にぶち上げてしまったからだ。昼、給食を食べ終えると、美智子は帰り支度を始めた。

コイツはそつなくクラスに溶け込んでいて、帰り支度をしていても不自然さはなかった。

「もう帰るのか？」と訊ねると美智子はうなずく。

「ハイヤーが1時に迎えにくるから『こころハウス』で夕方まで仕事して、〈いのち〉ちゃんの実験が優先されてる。あたしは期末試験期間は完全にお休み。その時ならいつでも会えるわ」

「それじゃあゆっくり話すヒマがないな」

「赤木先生が偉い人に研究成果を発表する準備で忙しくて、ディナーを食べた後、家までハイヤーで送ってもらうの」

「それなら明日の午後、秘密基地に集合しよう。土曜だから大丈夫だろ？」

美智子はうなずいて教室を出て行った。

7月8日、土曜日。ぼくたちは平沼製作所の裏手の岩山にある秘密基地に集合した。

ぼくが到着するとヘラ沼と三田村はもう来ていた。

ぼくがソファに座ると、がたがたと扉が開いて、青いワンピース姿の美智子が入ってきた。

お洒落をした美智子に見とれている三田村の隣で、ヘラ沼はからかうような口調で言う。

「どうしたんだよ、進藤、そんなおめかしして」

「カモフラージュよ。みんなと会うのにお洒落は必要ないから」

「お前は監視されてるのか」とぼくが心配になって訊ねる。

「うん、たぶんされてない。中学生を監視しても何にもならないもの」

「それならカモフラージュの意味がないじゃんか」とヘラ沼が突っ込む。

「うるさいわね。たまにはあたしがお洒落をしたっていいでしょ」

「ええ、全く問題ありません」と三田村がすかさず援護射撃をしたので、ヘラ沼は黙り込む。

「そんなことより、チーム曾根崎に進藤美智子さんが復帰したことを祝って乾杯しよう」

ぼくがそう言うと、ヘラ沼が冷蔵庫からスポーツドリンクのボトルを取り出し投げ渡す。

「えー、ではお洒落な進藤さんの、馬子にも衣装に敬意を表して、乾杯」

どうしても余計なひと言を付け加えてしまうのは、いかにもヘラ沼っぽい。

「なんだかいろんなことがいっぺんに動き出したの。きっかけはあたしのドジのせいかもしれないんだけど……」と美智子が話し始めた。

「ドジって、何をしたんだよ」とぼく。

「毎日夕方、『未来医学探究センター』で一緒にディナーを食べる時、3日前にあたしが先に戻ったの。地下室に行ったら誰もいない一角がぼうっと光ってた。〈いのち〉ちゃんのたまごを見つけた時の光と似ていたから近寄ったら、そこに水槽があって、白い布がかかっていた。神かけて誓うけどあの時、あたしは触らなかったのに白い布がはらりと落ちて、中が見えたの。

その水槽の中に何がいたと思う？」

「ピラルク、かな?」とすかさず「ヤバダー」クラスターのヘラ沼が言う。

「水槽に熱帯魚がいたくらいで、あたしがこんな大騒ぎするワケないでしょ」

マジで怒った顔をした美智子は一瞬躊躇した後で、思い切って言う。

「そこにとても綺麗な女の人が眠っていたの」

「水槽の中に?」

「死体じゃなかった。あたしが長い髪の綺麗な女性に見とれていたら、『何してるんだ』と怒鳴られた。振り返ると佐々木さんが怖い顔をして立ってた。女性が誰か聞きたかったけど、『他人の家を覗き見した上に、何か聞こうなんて思ってないよね』と釘を刺されて、何も言えなくなっちゃった」

佐々木さんが、ぼくに絶対に覗くな、と言った理由がわかった。美智子は続けた。

「その日のディナーで佐々木さんは小原さんに、アイスマンの解析具合はどう、と聞かれて、データのインプットは終わりました、と答えたら小原さんはすごく興奮してたわ」

脳裏に、以前2階の奥の部屋で見た、白い作務衣姿の男性の姿が浮かぶ。

「小原さんは、これで『だめぽ』に報告できる、と喜んでいた。『ボディは完璧、ヘッドは赤ちゃん、マインドは空っぽだから私たちが補完してあげないと』と小原さんは言ってたけど、佐々木さんはあまり嬉しそうじゃなかった。そこでハイヤーが来たのでその先はわからない。

そしたら翌朝、これからはあたしの通いは半日でいいと言われたの。やっぱりあたしが覗き見して佐々木さんを怒らせちゃったからかなあ」

「それは違うな。美智子の勤務が半日に減ったのは、プロジェクトが新局面に入ったせいだ。

その意味では危険なサインだと思う。まず半日、美智子なしで問題なければ1日3時間、2時間、1時間と減らしていって、最後はクビにするつもりなんだ」とぼくが答えた。

「だとしたら、あたしはどうすればいいの？」

「子どもが母親から乳離れするのは、自然の摂理だからどうしようもないな」と「ヤバダー」フリークで野生動物の掟に詳しいヘラ沼は容赦ない。

「ぼくも同じ意見だ。でもそうなると〈いのち〉にはぼくたちの手が届かなくなってしまう。だからどうすればいい〈いのち〉のことなんて心配してない連中に〈いのち〉を任せたくない。だからどうすればいいかというと……」

「というと？」と三田村が鸚鵡返しに、ぼくの言葉の末尾を復唱して唾を飲む。

「どうすればいいかわからないから相談するために、緊急秘密会議で白鳥さんを召喚しよう。

幸い、美智子もテスト期間で1週間のお休みをもらってるから会議に出られる」

「そうだな、あのおっちゃんは前にでかい口を利いてたクセに何もアイディアを出さなかったから、ここらで実力を見せてもらおうか」とヘラ沼。そこでぼくは三田村に言った。

「三田村は参加しなくていいぞ。チーム曾根崎のメンバーは受験の影響を受けないヤツばかりだ。中学生医学生のぼくは医学部進学が決まっているし、ヘラ沼は平沼製作所の跡継ぎだし、美智子はいつのまにか中学生国家公務員になった。でも三田村は医学部を目指しているから、受験の天王山の中3の夏休みは勉強した方がいい」

忍の家で医者の跡取りプレッシャーの片鱗を味わって、気持ちが挫けそうになったぼくは、受験の天王山の中3の夏休みは勉強した方がいい」

忍の家で医者の跡取りプレッシャーの片鱗を味わって、気持ちが挫けそうになったぼくは、生まれてからずっとあんな圧力に晒されていたら大変だろうと思って、そう言ったわけだ。

ところが、三田村は怒ったような口調で言った。

「なぜ今さら私だけ仲間はずれにするんですか」

「桜宮学園高等部の推薦を受けたいなら、期末試験でいい点を取らないとダメだろ」

「おっしゃる通りですけど、今は〈いのち〉君にとっては重大な瀬戸際なんです。そんな時に〈いのち〉君を放っぽり出して、ガリ勉して医学部に入れたとしても喜べません」

すると美智子は三田村に抱きついた。三田村は直立不動の姿勢でかちこちになる。

「三田村君、ありがとう。〈いのち〉ちゃんの代わりにお礼を言うわ。三田村君の未来と天秤《てんびん》に掛けているから、こんな言葉だけじゃ全然足りないと思うけど」

美智子、心配するな。三田村にとっては最高のご褒美《ほうび》になっているぞ。

その後、田口教授にメールを送ると、すぐに返事がきた。

こうして明後日の月曜の午後、第3回の緊急秘密会議の開催が決定したのだった。

7月10日、月曜日。1学期の期末試験の初日は午前中に3科目だった。

期末テストを終えたチーム曾根崎のメンバーは東城大学行きのバスに乗り込んだ。

「美智子はどうだった?」「数学がダメ」「三田村は?」「英語が残念な結果になりそうです」

「ヘラ沼は……聞くまでもないか」「おい!」

やがてバスはお山のてっぺんの終点、大学病院に到着した。旧病院棟3階の学長室に向かう。ヘラ沼に至ってはお茶菓子の場所を探り当て、いつの間にか学長室が馴染《なじ》みの場所になっている。美智子はそんなぼくたちの様子を呆《あき》れ顔で眺めていた。

勝手にむしゃむしゃ食べている。

「あんたたちって、相当ここに通い詰めていたみたいね」

「いや、ほんの2、3回だよ」とぼくが答えた時に扉が開いて、高階学長と田口教授、続いてカラフルな三原色背広姿の白鳥さんが、議論しながら入ってきた。

「東城大の上層部は危機感という言葉を電車の網棚に置き忘れてきたんじゃないの。特に沼田さんは10年前と全然変わってない。〈いのち〉が文科省に横取りされちゃったのも、沼田さんがわからんちんのエシックス対応を続けたせいなのに、全然無自覚なんだから呆れたよ」

「あれでも昔よりマシになって、少しは人の話に耳を傾けるようになったんですから、もっと大らかなまなざしで見守ってあげてくれませんか」

「そう言い続けて10年以上だよ？ その間に東城大が大いに遅滞したことを考えれば、大目にみるなんてぜーったいにできないね」と言った白鳥さんはようやく、学長室のソファに中学生4人組が座っていることに気がついて説難の矛を収めた。

「ま、東城大の上層部はスリーテンポ遅れだから、ワルツだとまるまるズレて自覚できないんだ。その意味ではこの子たちの方が立派だよ。同じ遅れでもワンテンポなんだから」

ぼくは憮然とした。報告前からワンテンポ遅れだと断言されては、立つ瀬がない。

高階学長が取りなすように言う。

「まあまあ、わざわざ来てくださったんですからお茶菓子でも……ってもう勝手に食べている

んですね。覇気ある若者、善きかな、です」

高階学長は大人の風格でヘラ沼の無礼をやりすごし、自分の机に着く。4人掛けのソファにチーム曾根崎のメンバーが、両脇の1人掛けのソファに田口教授と白鳥さんが座る。

「緊急の討議事項について説明してください」と田口教授に言われ、ぼくは立ち上がる。

「文科省のプロジェクトに動きがありました。進藤さんが詳しく説明します」

美智子の話を聞き終えると、腕組みをしていた白鳥さんが訊ねた。

「確かに緊急秘密会議を要請する価値はあるね。でも進藤さんは金曜に中学に行っているから、このことを曾根崎君が知ったのは金曜日だよね。するとさっき、ワンテンポ遅れと褒めたけど、ツーテンポに値引く必要がある。ま、それでも東城大の上層部会議よりかはマシだけど」

褒め言葉のダウンサイジング攻撃は意外にダメージになった。

「仕方なかったんです。あたしたちは期末試験の最中なので」

美智子がぼくのために言い訳をしてくれた。白鳥さんは苦笑して言う。

「ま、『ア・リトルビット・レイト』で、『トゥー・レイト』でなかったのが救いかな。で、これからどうすればいいと思う?」

「あの、それを聞くためにこの会議を設定してもらったんですけど……」

丸投げのフライ返しを食らってぼくが悄然とすると、隣のヘラ沼が口を開いた。

「それってこの前と同じ展開じゃん。今日はおっちゃんの意見を最初に聞きたいんだよね」

「もっともだ。じゃあ今回は最初に僕のアイディアを披露しよう。反撃のヒントは1ヵ月前に受け取った進藤さんの業務日誌にあったんだ」

「ちょっと待ってください。どうしてあたしの日誌をあなたが読んでいるんですか?」

「曾根崎君が、僕に託したからだよ」

「冗談じゃないわ。あれは文科省との契約で厳重な守秘義務が課せられているんです。どうい

「あ、いや、ええと、それはつまりその……」

「わかった。パパがカオルに渡したのね。まさかカオルはアレを読んでないわよね?」

「ぼくは美智子のパパに頼まれて白鳥さんに渡しただけだ」

ドキドキものの大嘘だけど、白鳥さんが助け船を出してくれた。

「断言するけど曾根崎君は進藤さんの業務日誌は読んでいないと思うよ。もしアレを読んでいたら、こんなツーテンポ遅れの対応なんて絶対できないもの。そうだよね、曾根崎君?」

海原に投げ掛けられた救命ブイにしがみつくように、ぼくはこくこくとうなずく。

でもそうするとぼくが無能だと認めることになるわけだよなあ、と思い悄然となる。

まあ、それでも美智子の猛攻撃を食らうよりははるかにマシなんだけど。

「というわけで説明を進めよう。問題は、僕たちがあのプロジェクトを把握していないことだ。進藤さんの業務日誌から読み取れたのは、連中の科学解析が行き詰まっているということだ。

そのギャップを埋めるために思いついたのが『トロイの木馬』作戦さ」

「それってどういう中身なのさ」とヘラ沼が質問する。

「聞いて驚くなよ、中身は『文科省プロジェクト強奪大作戦』だ」

「他人の業績を盗むんですか?」と思わずぼくは声を上げた。

「違う。君たちのIMP研究を取り戻すだけさ。あ、それなら『奪還作戦』にしないといけないのか。根本は平和共存を目指すフリをして共同研究を持ちかけることで、東城大が実質的なイニシアチブを取っちまおうというワケさ」

「簡単におっしゃいますが、そんなこと可能なんですか」と田口教授が訊ねる。

「可能だと思うから提案したんだよ。以前も言ったけど今回は総力戦でないと太刀打ちできないから、使えるものは猫も杓子も、行灯でさえも使う。というわけで業務日誌を解析した翌日、つまり今から１ヵ月前にすでに高階センセにある指令を出してもらっている」

「それはまた超素早いっすね。で、何を指令したんすか」とヘラ沼が身を乗り出す。

「業務日誌から、藤田教授がプロジェクト・リーダーの地位を追われ、赤木先生中心に体制が組み替えられたことが読み解けた。血液採取は別の研究所でのDNA解析のためで、泣き虫アツシの研究も進行中だ。でも後釜のリーダーの赤木センセは停滞中。このギャップが狙い目だ。小原は優秀だけど人の気持ちが読めなくて、いつも周囲から仲間外れを食らって自滅する。今回も同じことになっていやがる。てか、同じ目に遭わせてやるぜ、スカーレット」

文末が文頭と乖離して文意が滅茶苦茶になっている。本気で怒っているらしい。

「乗っ取り計画だから『トロイの木馬』なんだろうけど、実際はどうするのさ」

ヘラ沼の問いに白鳥さんは、えっへん、と胸を張る。幼稚園児か。

「使えるものは猫も杓子も木馬も使うと言っただろ。あ、それなら『トロイカの木馬』の方が正確なのかな。赤木センセは神経伝達解析と画像解析をやりたがっているけど〈いのち〉君は巨体すぎて普通の機械ではCTもMRIもできない。これは高階センセがグズで検査を先延ばしにしたことが怪我の功名になったんだけど、そこで発想を転換する。つまり身長３メートルの巨大生物のCTやMRIを撮影できる機械を提供すれば、連中は飛びつくはずだ」

「そんな提案を急にしても機械はすぐに作れませんよ」と田口教授が言う。

白鳥さんは人差し指を立て、「ちっちっち」と言いながら、左右に振る。

「そこで思考停止するか、その先を考えるかが凡人と天才の分かれ目だよ。凡人の田口センセは無理と決めつけた。天才の僕はアイディア実現のため思考を巡らせた。するとあら不思議、たちまち道が目の前に現れた。ちなみにそれは田口センセも知っている道なんだけどね。そこまでヒントをもらってもまだ見当がつかないなんて、ほんとに田口センセってぼんやりさんだなあ。巨大画像診断機器の開発と言えば思いつくのはただ1人。マサチューセッツ医科大学の東堂センセだよ。しかも東堂センセは高階センセのお友だちで、東城大に大きな借りがある。だから高階センセから依頼すれば一発だろ」

「東堂先生の方は逆に、東城大に貸しがあると思っているようですが」と高階学長が言う。

「それって要は精神的共同体ってことで同じことだから、無問題だよ」

いや、それは違うだろう。お金を貸している人と借りている人が同等なわけがない。

でも運命共同体というのはなんとなくわかる。高階学長はため息をつく。

「確かに幸運の女神さんは白鳥さんの迅速な判断に微笑みました。東堂先生は既に巨大CTとMRIの開発を進めていて、完成寸前だったんです」

「そんな都合のいい偶然、あるはずないでしょう」とぼくが言うと、白鳥さんは首を振る。

「トンビがタカを生むという格言があるけど、曾根崎家ではタカがナスビを生んだみたいだね。偶然と必然と運命と宿命は紙一重なんだよ」

知らなかったのかい？

「一富士二鷹三なすび」つながりかな、なんて考えてしまうなんて、ぼくも白鳥ウイルスに毒されているのかも。でもあまりに無茶な転調に思わず、ぷっと噴き出してしまう。

「東堂センセなら迅速に開発できると見越して高階センセにお願いしたんだ。でもさすがの東堂センセも機械開発には相当の時間がかかる。しかも船便だと太平洋横断に1ヵ月だから、最速で8月中頃かと思ったら、連絡した翌日に船便で出荷してきた。東堂センセがシャープでも、依頼を受けた翌日に新製品の開発を終えて船便で送り出すなんて絶対に不可能さ」

「じゃあ、どうしてそんなことができたのさ」とヘラ沼が当然のツッコミをする。

「ヒントはすべて提示してあるし、みんなは謎を解く材料を持っている。それでもわからないとなると僕にひれ伏して教えを請うことになるけど、そこまでして答えを聞きたいかな?」

ぐむ、と言ってヘラ沼は黙り込む。考えてもわからないようだ。ぼくに至ってはそもそも最初から謎解きは諦めていた。

「ま、凡人にはこの謎は絶対に解けないだろうね。それじゃあ正解を発表しようか」

その時、美智子がぽつんと呟いた。

「わかった。カオルのパパが依頼してたんだわ」

「ブラボー。さすが史上初の中学生国家公務員だけのことはあるね」

白鳥さんが盛大に拍手し、チーム曾根崎のメンバーもスタンディング・オベーションした。

「ステルス・シンイチロウは、緊急会議招集を依頼した連休のど真ん中の時点で2ヵ月後の状況を見通し、東堂センセに製品の開発を依頼した。だから先月高階センセが依頼した翌日、東堂センセが日本に向け船便で製品を発送し、4日後に桜宮港に入港するという離れ業ができ、東堂センセを来日させ文科省のプロジェクトを乗っ取ろうとしたのが『トロイの木馬』作戦の全貌さ。あるいは『白鳥＝東堂＝曾根崎』ラインによる『トロイカの木馬』でもある。更に東

堂センセはステルス・シンイチロウの伝言を持参するから、曾根崎君をマサチューセッツに派遣する必要もなくなり、経費節減もできたってワケ」

ぼくは言葉を失う。でもさすがいじめっ子のヘラ沼はすかさず言い返した。

「それって凄いのはおっちゃんじゃなくて、カオルのパパがじゃん」

「ま、そうとも言えるけど、僕がお膳立てしなければここまで迅速に動かなかっただろうから、やっぱ僕が発案した作戦と言っても、間違いじゃないんだよ」

めちゃくちゃな屁理屈だ、とヘラ沼はぼそぼそ言うけど、それ以上言い返せない。

「実現寸前だった『文科省プロジェクト奪還作戦』だけど、ここにきて大誤算が生じた。泣き虫アッシの非協力的態度だ。曾根崎教授はアッシを心底信頼していた。以前カオル君がピンチになった時、アッシの助けで乗り切ったことからもわかるでしょ。曾根崎教授は『未来医学探究センター』の初期運営に関わっていたというウワサもある。でも今のアッシの行動は、曾根崎教授の指示によるものではなく、あっちのプロジェクトに忠誠を誓っているように見える。

『トロイの木馬』、あるいは『トロイカの木馬』作戦はアッシの態度次第で、オセロみたいに土壇場で引っ繰り返り、大逆転されてしまう可能性だってある。というわけで高階センセには明後日早朝、来日予定の東堂センセを羽田に迎えに行ってもらう。その後、全員であの邪悪なプレハブに乗り込むから、よろしくね」

その日程を聞いてチーム曾根崎のメンバーは、密かに胸をなで下ろした。明後日の午後には期末テストが終わっているからだ。

6章
気配りポイポイ捨てまくり。

7月12日㈬

期末テストを終え晴れ晴れしい気分の7月12日水曜日の午後、チーム曾根崎は東城大の学長室に集結した。

田口教授が昼食にスカイレストラン「満天」からケータリングでカツ丼を取ってくれた。いつもはたぬきうどんなのでカツ丼は初めてだったけど、ジューシーだった。

「東堂先生ってどんな人なんですか」と質問すると、田口教授は「カウボーイみたいな先生さ」と言う。「テンガロンハットをかぶって投げ縄で猛牛をぶっ倒すんですか?」と冗談交じりに聞き返すと、田口教授は「まあ、そんな感じかな」と奥歯に物が挟まったように答えた。

その時、がらりと扉が開いて大柄な男性が入ってきた。革のチョッキにテンガロンハット。薄茶のサングラスに口髭姿はまさしくカウボーイ。

その人は部屋をぐるりと見回すと両手を広げ、田口教授にのっしのっしと歩み寄った。

「マイボス、お久しぶりデス。再会できてミーはハッピーね」と英語交じりの変な日本語だ。

抱きしめられ、肩をばんばん叩かれた田口教授は顔をしかめる。

「Aiセンターはなくなったので、私はもう東堂先生の上司ではありません」

「HAHAHA、たとえオーガニゼーションがデストロイされても、ミーのマインドはネバ・チェンジ、ミーのポジションはAiセンターのウルトラスーパーバイザーで、ミーのハートは

マイボスのサブオーディネット（部下）のままストップ・モーション、デス」

「そういえばそんな肩書きもありましたねえ。今回、東堂先生にお願いするのは奇しくもその跡地に建てられた『未来医学探究センター』で進行中のプロジェクトの事態収拾です」

高階学長が遠い目をして言う。この人がマサチューセッツ医科大学の教授なのか？　とてもパパのお仲間には見えないんですけど。だいたいローマ字読みでHAHAHAと笑うなんて、アメコミの主人公かよ。そんなことを考えていたぼくの顔を、東堂教授はじろじろ見た。

「オウ、そこなる少年は、マサチューセッツ大のミーの心友にして真友、シンイチロウが息子、カオールとは貴殿のことではアーリませんか。貴殿のパパのオーダーのおかげで2ヵ月、ミーは超ビジーでした。後でパパさんに、トードーはよくやったと報告してくだサイね」

東堂教授はぼくを抱きしめ、大きな掌で背中をばんばん叩く。ぼくは、「イエス・サー」と、むせながら返すしかない。

「さて、再会の挨拶も済んだことですし、直ちに会合に向かいましょう」

高階学長の発言に東堂教授は「ゴンは相変わらずせっかちだな」と呟く。いきなり日本人のイントネーションになったので、びっくりする。

ひょっとしてゴンって、高階学長の渾名なんだろうか。

ぼくの中でダンディな高階学長のイメージが、がらがらと音を立てて崩れていった。

文科省の小原さんが仕切る「こころハウス」に行って、正面から研究協力を持ちかけることになった。それは東堂教授が船便で送った、新型MRIを使った画像研究らしい。

タクシー2台に分乗して桜宮岬へ向かう。1号車は東堂教授と高階学長とぼくの3人、2号車は田口教授と美智子、三田村、ヘラ沼の4人だ。高階学長は嫌がったけど、「お2人は帝華大の同級生で、積もる話もおありでしょうから」と珍しく田口教授が強引に押し切った。

でも、なんでそこにぼくが入るのか、ワケワカメなんだけど……。

ぼくの隣で、東堂教授は空気読まない感丸出しで陽気に喋り続ける。

「東城大とMRI最新機との相性はトゥー・バッド、前回もミーの虎の子の、9テスラMRI『リヴァイアサン』をぶっ壊され、縦型MRI『コロンブス・エッグ』はクエンチ。今回開発した大容量CT・MRI複合機『フローティング・ガブリエル』は絶対に壊すなよ、ゴン」

「ゴンっていうのは、高階先生の渾名なんですか」とぼくが合間に質問する。

「オウ、サノバビッチ・オブ・シンイチロウは素晴らしい洞察力。おっしゃる通りデス」

「白鳥さんはお見えにならないんですか」と訊ねると高階学長は苦笑する。

「あの人がこんなハレの日を外すわけがないでしょう。事前の打ち合わせは必要ないから、現場に直行するそうです」

「『フローティング・ガブリエル』の『ガブリエル』ってなんですか?」

「画像診断の真実を世界に送り出すため、天上界から遣わされた流浪の大天使デス」

この怒濤の喋り方はどこかで聞いたことがあるぞ、と思ったら思い出した。

厚生労働省の火喰い鳥、白鳥さんの得意げな表情が脳裏に浮かぶ。

「白鳥さんは、あんたが言ったんですけど。めんどくさくなって、話を変えた。

洞察もなにも、あんたが言ったんですけど。めんどくさくなって、話を変えた。

桜宮岬でタクシーを降りた東堂教授は、「未来医学探究センター」を見上げた。

そのふもとに視線を転じると、建物の側にカラフルな背広姿の男性が立っていた。

厚生労働省官僚の白鳥さんは、しゅたっと手を挙げ、東堂教授に歩み寄る。

「東堂センセ、首を長くして待ちわびてたよ。ここからは総力戦だから、よ・ろ・し・く」

白鳥さん、高階学長、田口教授、東堂教授の4人の大人とぼく、美智子、ヘラ沼、三田村の4人の子どもが海岸線に並んだ様子はハイパーマン・バッカスの防衛軍、宇宙戦隊ガボットみたいだった。「ここが正念場です。それでは参りましょう」と高階学長が言った。

「こころハウス」訪問は2度目だ。1ヵ月半前の公開時と比べると建物は堅牢になっていた。

ぼくたちが門前に着くと扉がガラガラと開き、真っ赤なスーツ姿の小原さんが腕組みをして立っていた。その右にモアイ像の赤木先生、左に佐々木さんが並ぶ。後ろの端っこのフクロウ怪人、藤田教授は影が薄い。藤田教授に代わりトップに君臨した赤木先生が先導し佐々木さんと小原さんが続き、しんがりの藤田教授がしょぼくれた声で「どうぞこちらへ」と言った。

部屋に入ると〈いのち〉が大きな椅子に座らされ、手すりに腕を、椅子の脚に足を、ベルトで縛られている姿が見えた。頭に金属製の丸いヘッドギアが被せられ、たくさんケーブルが出ていて、傍らの大型コンピューターとつながっている。

その様子を見た美智子が「〈いのち〉ちゃん、大丈夫？」と言いながら駆け寄ろうとした。

すると次の瞬間、びしり、と雷に打たれたように倒れた。

その様子を冷ややかに眺めて、赤木さんが言う。

「許可なく近寄るからだ。昨日、『こころ』の周囲に電磁バリアを張ったんだ」

「こんなことをするために、あたしを遠ざけたのね」と美智子が叫ぶ。

〈いのち〉はうっすら目を開け、「マンマ」と言うと再び目を閉じる。周りのコンピューターのライトがちかちか点滅した。その光景は、「未来医学探究センター」の2階の一室にいた、白い作務衣姿の男性を思い出させた。

うっすら開いた目。細い唇。「誰だ?」という、抑揚のない冷ややかな声。

背筋が寒くなる。あの人はまだあの部屋にいるのだろうか。

「ところで今日は改まって、どういう話なのかしら」と挑発的な口調で小原さんが訊ねる。

「東城大医学部が画像診断研究部門で協力したいと申し出た。受けるかい、小原?」

「今さらボンクラ東城大の研究協力なんぞ、必要ないわ。ウチらの研究は独力でここまで来てもうたで。もう手出しはできへんで。なあ、赤木先生、そうやな」

聞かれて赤木先生が大きくうなずく。すると東堂教授が口を開く。

「今までの経緯から拝察するに、みなさんはNCCにおける代替刺激置換現象の確認のため『DAMEPO』で開発された最先端の脳波計測・互換装置を導入し、神経意識連関について調べつつ意識置換の研究をしてマスね。でも『DAMEPO』基本マニュアルでは代替刺激置換現象を意識レベルに導入する際は基礎データ集積の報告と確認が必要になるはずデスが、そこはクリアできているんデスか?」

「どこの馬の骨ともわからないヤツの質問に答える義務はないわ」と小原さんが言う。

「ミーをご存じないとは文科省のインフォメーション・レベルは、スプレンディドなほどのロー・クオリティデスね。それなら教えて進ぜませう。ミーこそはここにいるゴン・タカシナの

盟友にしてマイボス、ドン・タグチの忠実な部下、フミアキ・トウドウなるぞ」

「トードーさんとやらは押し出しは立派だけど、結局は白鳥のパシリの東城大ツートップの、そのまた子分なのね」と小原さんは笑う。

「オウ、ミーの名はトードーではない、トウドウ、デス」

「どっちでも同じことよ。いずれにしてもあんたなんかに情報公開する義務はないわ」

「それがそうでもないんデスよ、真っ赤っ赤なファイヤー・ガール。現代の研究では情報開示はグローバル・スタンダード、神聖なヒトの意識領域は可能な限りデータ取得しないとタッチできないのは国際研究協約で定められたルール、なんぴともスルーできませン。血液採取したDNA解析の前に非侵襲的検査の画像診断解析は実施されていないのではアーりまセンカ?」

東堂教授の言説は小原さんの弱点を痛撃したようだが、持ち前の気の強さで言い返す。ファイヤー・ガールは『DAMEPO』の命令に逆らい勝手に実験を推進してマス。契約違反で由々しき事態デス」

「手順前後やけど共同研究している組織から、画像診断のスペシャリストと一緒に新開発された画像診断の秘密兵器が輸送されてくることになっとるから、心配無用よ」

「それは、『DAMEPO』からの強制命令でせう。

「あんた、一体何者や」と小原さんが急に低い声になって言う。

「東城大Aiセンターのウルトラスーパーバイザーにしてドン・タグチの忠実なるサブオーディネット、米国はマサチューセッツ工科大学の『インスティテュート・オブ・ミニマル・セル』、すなわち『DAMEPO』のIMCユニット代理人のスペシャル・エージェント、フミアキ・トウドウとはミーのことデス」と見得を切った東堂教授はなぜか小声で続けた。

「ちなみに『IMC』とは30億塩基対ある全ヒトゲノムを完全解読するプロジェクト、デス」

「全ヒトゲノム解読なら、巨大新種生物の遺伝子解析は無関係じゃない」

「違いマス。ヒトゲノムでタンパク質合成に関与するシーケンスは1パーセント、残り99パーセントは意味なしジャンク・コードで、全ての生物に共通するものが多いので、ヒトゲノム解読プロジェクトはインフルエンザウイルスやマイコプラズマ、マウスや大腸菌のゲノムとの比較で進められてきたシタ。未知の新種生物との比較はブレークスルーになるのデス」

「そうかもしれへんけど、『こころプロジェクト』には、指一本触れさせないわ」

「ホントに出来の悪いオーガニゼーションは救いがないデス。IMCの創設者ケロッグ博士は『地位が保証されると二流の人物が自分よりも凡庸な人材を集め、一流の人間を駆逐する』と言いまシタが、まさにファイヤー・ガールの組織は、そんな風に成り果てているようデス」

東堂教授は小原さんに1枚の紙を渡した。

「明後日の9時、ミーが開発した大容量CT・MRI複合機『フローティング・ガブリエル』を搭載した軍事運搬戦艦『ポセイドン』が桜宮港に着岸しマス。『ポセイドン』は『ガブリエル』の専用運搬戦艦で、『ポセイドン』内に『ガブリエル』を作りつけてありマス。『DAMEPO』はこの機器を戦地に派遣する意図がありマス。入港の翌日、液体ヘリウムを注入して磁場トリミングに入り、3日後の7月18日に検査が実施可能になりマス」

東堂教授の攻撃の矛先はプロジェクト・リーダー赤木先生にも向けられた。

「ところでひとつ気がかりがあるのデスが、まさかユーは、ヒトのサイズの3倍なら、新種生物のセル・サイズも3倍だなんていう、おバカなことは考えてませんよね」

「当たり前です」と赤木先生が掠れ声で抗弁すると、東堂教授は続ける。

「セル稠密度のディメンジョンが違う生物にヒトの意識を移植するリスクチェックをスルーしたのは、カミカゼ・アタックデス。この新種生物は生殖器が欠損し本義的に生殖不能の新属性の生命体で、DNAによる遺伝情報伝達という従来の生物学のセントラル・ドグマから外れる可能性がありマス。そんな異形の生命体を扱う自覚と覚悟が見られまセン。IMCのDNA解析により、この巨大新種生物は地球由来の固有種の可能性が高い、と判明した模様デス」

東堂教授は誰も知らない最新情報を口にし、小原さんは沈黙した。東堂教授は続ける。

「現状把握の結果、研究体制を改変し東城大IMPユニットとの共同研究体制を採用しマス。文科省が暴走した事態収拾のため、新たに厚労省の参加を要請しオーガニゼーションの責任者に厚労省のファイヤー・バード・シラトリ、トージョー・ユニバーシティから敬愛するドン・タグチを指名、稼働中の『こころプロジェクト』責任者はドクター・アカギからドクター・フジタに変更。以上は『DAMEPO』上席エージェントの命令デス。ファイヤー・ガール&バードをつがいにするなんて、フィクションでも思いつかない、ナイスな発想でせう」

ファイヤー・ガール小原さんは「おのれ藤田、裏切ったな」と小声で言う。

「ほうほう、最初に裏切ったのは小原室長です。私に研究の全権を任せると甘言で誘いながら、赤木君にあっさり乗り換えたんですから」

「そりゃ、アンタがグズで無能なせいや。人のせいにするなや」

「立派な研究を仕上げるには、途方もない時間と辛抱が必要なんですよ、小原室長。いったいどの口でそんな綺麗事を言えるのだろう。」と言う藤田教授。

同時に藤田教授のしぶとさに感心する。ぼくは藤田教授を見くびりすぎていたかもしれない。

「さて、ファイヤー・ガール、ミーの指示をご理解いただけたら、電磁バリアを解除して意識移植実験を停止し、この巨大新種生物の拘束を解きなサイ」

小原さんがしぶしぶ傍らの機械へと向かう。部屋に安堵の空気が流れた。その時だった。

「騙されるな。東堂教授は『DAMEPO』のエージェントじゃない。身分証を見せてみろ」

声を上げたのは、佐々木さんだった。東堂教授は肩をすくめた。

小原さんが我に返り、「警備隊、不法侵入者を排除せよ」と指令を出す。

「佐々木さん、どうして……」と問いかけたぼくから、佐々木さんは目を逸らした。

すぐに自衛隊のレンジャー部隊が部屋に入ってきて、ぼくたちは叩き出された。

敗残兵の一行は桜宮港の埠頭に腰掛け、足をぶらぶらさせながら「未来医学探究センター」の銀色の〈光塔〉と、隣に突貫工事で建てられた「こころハウス」を眺める。

東堂教授は強制退去の際、テンガロンハットの紐を引きちぎられ、ご機嫌斜めだった。

「もう少しで完全制圧できたのに。ミーの擬装を指摘したあの少年は何者デスか」

東堂教授が吐き捨てるように訊ねると、白鳥さんが答える。

「名前は佐々木アッシ、泣き虫坊主だったけど、レティノブラストーマの治療新薬の開発を待つためコールドスリープを適用された時に、SSS（スリーピング・スタディ・システム）で潜在的天才教育を受けたんだ。それで今では文科省の秘蔵っ子になってるんだ」

「だから佐々木さんはあんなに優秀なんですね」と、三田村は羨ましそうだ。

「その能力で東堂先生の擬態を見抜いちゃうなんて反則だよ」とぼくが言う。

白鳥さんは人差し指を立てて左右に振りながら、「ちっちっち」と言う。

「いくら天才でも、いきなり登場した東堂センセがフェイクのエージェントとは見抜けないよ。どこかから事前に情報を入手したんだろう。ところで『DAMEPO』のエージェントに擬装するなんて素晴らしいアイディアを、東堂センセは自分で思いついたの?」

「まさか。ミーを派遣したシンイチロウのオーダーですヨ」

「やっぱりね。あの人はいつも僕の上を行くんだよね。『DAMEPO』が関わる可能性は僕も見抜けたんだけど、それを逆手に取って東堂センセを『DAMEPO』メンバーに擬態させるなんて手は思いつかなかった。すごい敗北感だよ。泣き虫アッシが東堂センセをニセ者と見抜けた理由は、曾根崎教授からアッシに、情報がダダ漏れしてたんだろう」

「ええ? それって大ピンチなのでは、とぼくはうろたえる。ぼくは佐々木さんを手放しで信頼してきた。〈いのち〉が無条件に美智子を信頼しきっているのと同じように。それって無条件に美智子を信頼しきっているのと同じように。

そんな白鳥さんの仮説に真っ向から異議を唱えたのは美智子だ。

「あたしには佐々木さんが裏切り者とは思えません。もしも東堂先生が擬装エージェントだと知っていたら最初から施設に入れさせなかったでしょうから」

「なるほど、一理あるね。だとするとなぜアッシは突然、あんな掌返しをしたのかな」

「佐々木さんには、他にやりたい研究があるのかもしれません。『こころハウス』にはほとんど顔を出さず、『未来医学探究センター』で〈いのち〉には直接関わらない、別の研究をしていたみたいですから」

「そういえばあの〈光塔〉が建設された当時、あそこに世界最先端のスパコンが導入されたというウワサを耳にしたことがあったな。自律的に思考してデータ入力者の思考を部分的に捕捉するシステムがあったとかなかったとか……」

「あたし、見たんです。地下室の奥にある水槽の中で眠っている女の人を」

その話を聞いた時、ぼくも記憶を呼び覚ました。

「ぼくは、絶対に覗くなと言われた2階の小部屋で別の人を見ました。さっき〈いのち〉がつけていたのと同じようなヘッドギアをつけていました」

「あの塔に、アッシの他に2人もいたのか」

すると岸壁で足をぶらぶらさせていたヘラ沼が言う。

「どっちにしても『トロイの木馬』だか『トロイカの木馬』かは知らないけど、おっちゃんの作戦は失敗だね。総指揮者として、自分のドジのカタをきっちりつけてくれよな」

「なんで僕の責任になるのかな。作戦は原案ステルス・シンイチロウ、主演東堂センセだろ」

「でも俺が『それってカオルのパパが凄いだけじゃん』って言ったら、『僕がお膳立てしなければ迅速に動かなかったんだから、やっぱ僕が発案した作戦なんだ』って威張ってたじゃんか」

「イヤなことを正確に覚えてる坊主だなあ」と白鳥さんは言った。

ふたりの会話を聞きながらぼくは、実は失敗の原因は作戦の名付けにあったのではないか、と思った。『トロイの木馬』なんて名付けておきながら、実際に敵陣営に送り込もうとしたのは木馬ではなく、八方破れのファイティング・ブル（猛牛）だったんだから。

白鳥さんは、ヘラ沼の容赦ない非難を受け止めつつ岸壁から立ち上がる。

114

「まあ概ね坊やの言う通りだから、何とかする。てか何とかしないとどうしようもないんだ」

「やれやれ、これでは明後日入港するミーの傑作マシンは稼働せず、『ポセイドン』は太平洋を往復しただけになってしまいマス。ミーはマイボスのドン・タグチやゴン・タカシナ、それにシンイチロウへの義理で超ビジーの身で極東に出張ったのに、そちらの打ち合わせ不足のおかげさまで、とんでもない無駄足を踏んだわけデス。ミーにとって時間の空費ほど罪深いものはアーリません。こうなったらミーはここにいるみなさんへの気配りはポイポイ捨てまくり、ミーにプラスになることだけやらせてもらいませう」

「ええ？　来て早々、裏切り宣言ができちゃうヒトなんだ。そういえば昔パパが、アングロサクソンは肉食でそんなんばっかだと言ってたけど、東堂教授は海獣トドの名を持ち、見た目はファイティング・ブルだから、そんな風に突っ走ったとしても何の不思議もない。

そもそもパパに頼まれた、なんて言うけど、ほんとかどうかはわからないし、見た目も胡散臭くHAHAHAとアメコミ笑いするくらいだから、裏切りキャラ感全開だ。

米国防総省の関連組織に特別依頼を受けて機器開発を任されているなら、そっち方面とツルだと考える方が自然だろう。パパと親友だと言うけれど（前は心友、真友と言ってた）オフィシャルに製品開発や軍艦改造費まで出してもらった依頼と、プライベートで、めんどくさがり屋でものぐさ太郎のパパの頼みを比べれば、どっちを重視すべきかは言うまでもない。

ぼくは完全に東堂教授に対し、色眼鏡を掛けてしまう。すると高階学長が言う。

「念のため、大容量CT・MRI複合機のウォームアップは予定通り実行してください」

「予算は『DAMEPO』から分捕ってあるから構わんが、当てはあるのか、ゴン？」

「あるような、ないような。でもいずれにしても白鳥作戦は失敗し、代案もなさそうですから、ダメモトでもやってみるしかないでしょう」と言うと、白鳥さんが大きく伸びをした。

「ダメモトって言葉、僕は大好きだし、これまで高階センセや田口センセの尻ぬぐいをさせられてきた僕が、たまには2人に面倒を見てもらってもバチは当たらないよね。まあ、あまり期待はしてないから、せいぜいのびのびやってね」

高階学長の頬に一瞬赤みが差したのは、夕陽の光が当たったせいだけでは、たぶんない。

大人たちはわいわい言い争いをしながら、埠頭を立ち去った。あとにはぼくたち少年団が残った。

立ち上がったヘラ沼が大きく伸びをして、プレハブの「こころハウス」を見て言う。

「あの家と塔の間にぶっとい電線が通ってるけど、あんなの、昔からあったっけ?」

「1週間くらい前にハウスとセンターのコンピューターをつなぐ線を引いたのよ。高速ネット環境を整えるんだって」と美智子が答える。

「ふうん。建物の中にもワイファイは通じているはずなのに、変だな」

その時、夕方5時の有線放送が流れた。なんか変だな、と思ったら、いつもは「5時になりました。みなさん気をつけてお家に帰りましょう」だけど、今日は「桜宮市のみなさん、本日夜11時から明日の午前1時まで海岸一帯は停電しますのでご注意ください」という放送だった。

真夜中だから影響ないな、と思ったぼくは、なんとなくその放送を聞き流してしまった。

116

白鳥さんは、高階学長のリカバリー・ショットをバカにしていたけれど、実際にはナイス・リカバリーだった。翌日、小原さんが朝一番に学長室を訪問したのはその結果だ。

東堂教授の派遣依頼書を再検討したら、確かに東堂教授のエージェント資格は詐称だけど、検査実施は『DAMEPO』の正式依頼だった。

なので小原さんは、頭を下げて東堂教授に依頼せざるを得なくなった。

「HAHAHA、ミーがミジンコみたいな小っちゃなウソでファイヤー・ガールをだまくらかそうとしたことは申し訳なかったデス が、別にミーはあの巨大新種生物の検査をやりたいわけではないので、明日にでも『ポセイドン』を撤収し、帰国しようと思っていたのデス」

東堂教授の言いたい放題に「そこを何とかお願いします」と頭を下げるしかない小原さんの顔色はスカーレットのように真っ赤だ。この人はいつも感情剥き出しで、四角四面の官僚組織の中でよく生き残れたなと思ったけど、もうひとり似た人がいたな、と思い出す。

「それならミーもお願いがありマス。ミーの一世一代の発明品の、大容量CT・MRI複合機『フローティング・ガブリエル』を、桜宮で大々的にお披露目したいのデス」

「『こころプロジェクト』は首相案件で、情報公開が制限されていて記者会見は無理です」

「ミーの画像診断機器のお披露目したい気分は依頼主と一切無関係デス。ミーは超ビジーですから検査実施後、ボストンにとんぼ返りデス。なので巨大新種生物の検査前のお披露目が無理なら検査しまセン。ファイヤー・ガールには①巨大新種生物の検査前にお披露目を許可する。②巨大新種生物のCT&MRI解析を断念する、の2つのセレクションしかないのデス」

真っ赤なハンカチを握りしめ、小原さんは顔を上げた。

「わかりました。東堂教授のご要望通り対応させていただきます」

「さすが、判断が速いデス。『ポセイドン』接岸地は桜宮岬突端の桟橋で、接岸後1日安置し安定後に液体窒素を注入、東城大の放射線科医、ドクター島津の協力で磁場トリミングしマス。ファイヤー・ガールは、巨大新種生物を船内に誘導できるよう、お願いしマス」

「できれば『こころハウス』に機械を搬入してもらえませんか」

「オウ、インポシブル、『未来医学探究センター』の地に『桜宮Ａ・iセンター』を建設した時、9テスラモンスターMRIマシン『リヴァイアサン』を設置しましたが、そのためマイボス、ドン・タグチに、自衛隊の戦車隊を陣頭指揮していただきまシタ。そんなおおごとの手配を今からできるはず、アリマオンセン」

「自衛隊の戦車隊なら明日にでも都合をつけられます。首相案件ですので」

「それはサプライズですが残念ながら無理デス。9テスラの高磁場に対応できる設置室の壁は厚さ20センチのコンクリート。輸送戦艦『ポセイドン』はその仕様での特注デス。既存の建物にそうした部屋を今から造るのは不可能デス」

東堂教授は来航予定の『ポセイドン』の船内図を取り出し、机の上に広げ中心部の部屋を指差す。「確かに壁はぶ厚い。ぐぬぬ、と小原さんは唇を噛みしめる。

「では『こころ』を『ポセイドン』内に移送できるよう、明後日9時までに立案します」

そして小原さんは美智子を振り向いて言う。

「そんなわけで進藤さんは検査までの5日間、『こころ』に付き添って気持ちを安定させて」

小原さんは、どうせ断りっこないでしょ、と高をくくった口調でオファーする。

「わかりました。その間は思い通りにやらせていただきますけど、いいですね」

「もちろんよ。ただし明朝からお願い。今夜はやりかけの実験にケリをつけておきたいの。そ

れと当日、諸先生方には検査中は、画像診断操作室に閉じこもってもらいます」と田口教授。

「それだと〈いのち〉君の検査の遂行が困難になるのでは?」

「問題ありません。搬送後は私と進藤さんで『こころ』を誘導しますので」

「進藤さんはともかく、小原にそんなデリケートなことができるのかよ」

すかさず突っ込んだのはファイヤー・ガールの天敵ファイヤー・バードだ。

「失礼なこと言わんといて。『こころ』は進藤さんと私の母性愛にメロメロなんやから。とに

かくこのミッションは私の仕切りや。あんたは黙っとれ」

白鳥さんは肩をすくめた。

言い争い、ではなく話し合いを済ませ小原さんが姿を消すと、白鳥さんが言った。

「ああみえて小原はなかなか手強くて、特にディフェンスは鉄壁で、どんな引っ掛けやダマテ

ンにも絶対振り込まなかったようなヤツなんだ」

「何の話ですか?」と美智子が聞くと、「麻雀(マージャン)の話に決まってるだろ」と白鳥さんが答える。

「大人は監視下におかれ、自由に動けなそうだ。チビ子諸君に頑張ってもらうしかないな」

と白鳥さんが言う。大人たちは集まってひそひそ話を始めた。それを見てチーム曾根崎のメン

バー4人も肩を寄せ合い、こそこそと相談を始めた。

「なんだか、東堂先生って胡散臭くない?」と開口一番言ったのは美智子だ。

「お前もそう思うか?」とぼくが言うと、美智子はうなずく。

「ええ。〈いのち〉ちゃんの検査より、自分の新製品のアピールに一生懸命みたいに見えるし。

国際弁護士のパパが、要注意人物だって言ってた人と同じタイプよ」

なるほど、美智子の言葉には説得力がある。でもヘラ沼は全然違うことを考えていた。

「あのおっさんが敵か味方かなんてどうでもいい。今、重要なのは、これが〈いのち〉奪還の

千載一遇の、しかも多分、最後のチャンスだ、ということなんだからな」

「奪還なんてできっこないよ」とぼく。

「でも、ここで無理なら、もう2度と金輪際、〈いのち〉は取り戻せないぞ」

ヘラ沼の言う通りだ。三田村が黒縁眼鏡をずり上げながら言う。

「平沼君の指摘は妥当です。でも奪還まで考えないと破綻します」

「そこは爺ちゃんと父ちゃんに頼めば何とかしてくれる。ここだけの話、爺ちゃんと父ちゃん

は昔、桜宮水族館の深海館に設置された黄金地球儀を強奪したことがあるんだぜ」

「ええ？　それって犯罪じゃん」とぼくが言うとヘラ沼はへらりと笑う。

「父ちゃんが言うには、それは『正当な代価として桜宮市から取り立てた行為』だったらしい。

よくわかんないし、過去の話だからどうでもいいけど、とにかくあの重い黄金地球儀でも盗み

出せたんだ。〈いのち〉は自分の足で歩くらしいから、もっと楽勝だろ」

「その考えは甘いわ、ヘラ沼クン。〈いのち〉は歩くようになったけど、勝手気ままにうろつ

くわ。それを叱ると『ピギャア』の泣き声は確か、『ミギャア』で合意したはずだぞ」とぼくが指摘する

「〈いのち〉の泣き声は確か、『ミギャア』で合意したはずだぞ」とぼくが指摘する

「そんなことは、それこそどうでもいいでしょ。世の中、ママのいうことが絶対なんだから。

120

あたしが言いたいのは、歩けるということはむしろマイナスかもしれないということよ」

「心配な気持ちはよくわかった。進藤は6日間、〈いのち〉の付き添いに集中してろ。奪還作戦はこっちで考える」とヘラ沼が言うと、美智子はうなずいた。

「わかったわ。それならあたしは付き添いの準備があるから帰るわ。後は頼んだわよ」

そこに東堂教授がやってきた。

「これは明日到着する『ポセイドン』の船内図のコピーなんだが、何かの役に立つかもしれないから君たちに進呈しておこう」

「おっさんは白鳥のおっちゃんより気が利くね。ちょうど今、もらいに行こうと思ってたんだ」とヘラ沼が言う。

ヘラ沼にとって白鳥さんは「おっちゃん」で東堂教授は「おっさん」なのか。

どっちが年上なんだろう、と考えていたら、東堂教授は大きな右手をぬっと差し出した。

「グッド・ラック。ミーはMRI設定と撮影で超ビジーで、ゴンもドンもファイヤー・バードも雁字搦めで役立たずだから、巨大新種生物の未来はボーイズの頑張りにかかってマス」

ぼくは東堂教授を疑惑の視線で見ていることを隠しそうなずいた。

そしてその後、ぼくたちは〈いのち〉の未来と安全を守るため、胡散臭い東堂教授ともがっしりと握手を交わした。

見せかけの同盟だって、時には役に立つこともある。歴史オタのぼくは、歴史上のエピソードを思い出しながら、嘘吐きとか裏切り者と罵倒された人たちに一瞬、思いを馳せた。

7章

人生、やったもん勝ち。

7月13日（木）

美智子が立ち去ったのを見送ったぼく、三田村、ヘラ沼の「チーム曾根崎」の男子トリオは船内図を抱えて、平沼家近くの秘密基地に向かった。部屋ではヘラ沼の爺ちゃんがソファに寝転がって、煎餅を齧っていた。なぜかゴーグルをつけて飛行帽を被っている。このままゼロ戦に乗って出撃しそうな雰囲気だ。ヘラ沼が言った。

「グッドタイミング。実は爺ちゃんに相談があるんだ。俺たちの友だちがピンチなんだ」

「ほ、雄介の相談は久しぶりだな。詳しく話を聞こうか」

ヘラ沼が経緯を説明すると、爺ちゃんは途中からテーブルの上に白い模造紙を敷き、説明を聞きながらイラストを交えてメモしていく。ひと通り話を終えたら机の上のメモは、曼荼羅みたいになっていた。ヘラ沼の爺ちゃんはゴーグルを外した。

「ここしばらく、何やらこそこそやっとるなと思っていたが、そういうことだったのか。コイツは大仕事だ。久しぶりに血が騒ぐぞ」

「よろしくお願いします」とぼくが頭を下げると、大きな眼でぎょろりとぼくを見た。

「カオル殿のパパにはフロリダで世話になって、シンイチロウ、ゴースケと呼び合う仲だから、カオル殿も儂をゴースケと呼ぶがいい」

それからちらりと三田村を見て続ける。

「儂の協力を頼みたいなら、そっちの賢げな坊やもゴースケと呼べ。わかったか」

ぼくと三田村は声を揃えて、「わかりました、ゴースケ爺ちゃん」と答えた。

「よろしい。時間がないから早速作戦を検討しよう。しかし相当の無理難題ぢゃな」

そう言いながらも豪介爺ちゃんの顔はツヤツヤ輝き、表情は生き生きし始めた。

「儂の頭の中には今、奪還作戦の青写真が、いくつも浮かんでおるが、いずれにしてもこのメンバーでは人手が足らん。助っ人のこころ当たりはあるか?」

「いつもは東城大の先生方が力を貸してくれるんですけど、今回は監視されていて無理だと言われてしまいました」とぼくが答える。

「儂も長らく活動しておらんので仲間とは疎遠になっておる。『4Sエージェンシー』という便利屋がお勧めなんぢゃが、10年前にトラブル処理を依頼した後は音信不通ぢゃ」

「4Sエージェンシー? どこかで聞いたことがあるような……。

「それってどんな組織ですか?」

「グラサン若造と女歌手の2人がやっている極小トラブルシューターぢゃ」

脳裏に「どん底」の薄暗いカウンターの光景が浮かんだ。

「あのう、その人たちのことなら、たぶんぼく、知ってます」

修学旅行の時、すごいスピードで宿まで送り届けてもらったと説明すると、豪介爺ちゃんは立ち上がる。

「間違いない。ソイツらぢゃ。そんな奇縁良縁があったなら、善は急げげげの鬼太郎ぢゃ」

豪介爺ちゃんはポケットから携帯を取り出すと、太い指でピポパ、と発信する。

「平介、スクランブルぢゃ。今すぐ第３別荘に車で来い」

しばらく黙って携帯に耳を傾けていた豪介爺ちゃんは、すうっと息を吸い込むと、割れ鐘のような大声で怒鳴りつける。

「ぶぁかもん。NASAの連中が何を言おうが、こっちが最優先ぢゃ。雄介の友だちの、そのまた友だちが大ピンチなんぢゃぞ」

「平介にも車を出させる。ふうふう、と息を切らしてぼくたちを見る。

「平介にも」って、ヘラ沼のパパの他に一体誰が車を出すんだろう。

しばらくして基地の前に車が到着した。平介小父さんのセダンの後部座席にぼくと三田村とヘラ沼、助手席に豪介爺ちゃんが乗った。その足で製作所の倉庫に寄ると、豪介爺ちゃんは、モンキーバイクと呼ばれる小型バイクを引っ張り出してきた。

「天気がいいから、儂はコイツで行く」

豪介爺ちゃんの巨体が跨がると、めちゃくちゃちっちゃく見える。爺ちゃんはぼくたち３人を眺めていたが、真ん中の座席に座った三田村をひょい、と指さす。

「そこのモヤシ眼鏡、坊主は特等席に乗せてやろう」

「へ？ 私、ですか」

「そうぢゃ。バイクのタンデムシートなんて、乗ったことないだろう」

「ええ？ わわ私はここで結構です」と三田村は必死に抵抗したけれど、あっさり車から引

きずり出されてしまう。わあわあ騒ぐ三田村にヘルメットを被せて、どこからか引っ張り出し
てきた、小型のツナギを無理やり着せた。

「雄介の小学1年の頃のツナギがぴったりとはなあ。お前はもう少し食った方がいいぞ」

爺ちゃんは三田村を後部座席に乗せ額の上に載せたゴーグルをつけ直しヘルメットを被ると、
バイクに跨がり、ぶるん、とエンジンをふかす。

「豪介爺ちゃんの運転は大丈夫なんですか？」とぼくは平介小父さんに尋ねた。

「あのスペシャルツナギはトラックとぶつかっても衝撃を受け流せるように設計してある」

その間にモンキーバイクはぼぼぼぼ、と騒音を上げ、目の前を走り去る。

平介小父さんがエンジンを掛けたら、モンキーバイクが、Uターンして戻ってきた。

「後ろのモヤシ眼鏡は店の場所を知らんそうぢゃ。平介、先を走れ」

行き先も確認せずに飛び出すなんて無茶な爺ちゃんだなあ、とぼくは呆れた。

窓から吹き込んでくる風が心地よい。3年前にコロナが流行ってから密を避けるため、車の
窓は開けるのが当然になっている。窓から乗り出して後ろを見ると、豪介爺ちゃんが運転する
バイクの後ろで三田村が、ワーとかギャーとか、死ぬう、とか悲鳴を喚き散らしていた。

でも10分も経つと声がしなくなった。小一時間も走ると東京との県境の標示板が見えた。
その時、ぼくは、とんでもない見落としに気がついた。

「どん底」の開店時間って、確か夕方だったような……。

おそるおそる言うと、平介小父さんはウインカーを出しサービスエリアに入った。

隣に豪介爺ちゃんのバイクが止まる。後部座席の三田村は白目を剥いている。

「どうしたんぢゃ。こんなところで道草を食ったりして。便所休憩か?」

「お店の開店時間は夕方だそうなので、サービスエリアで食事しようかと思って」

平介小父さんがそう言うと、豪介爺ちゃんの怒号が駐車場いっぱいに響き渡った。

「ぶぁかもん。トップのお前がそんなんだから、平沼製作所は伸び悩んでおるんぢゃ。たとえ門前で待たされようと一刻も早く現着し、その場で考えるのが平沼製作所の基本精神ぢゃ」

「そんな無茶な」と平介小父さんが言う。ぼくはふと思いついた。

「ひょっとしたら『どん底』ではランチをやってるかもしれません」

「さすが曾根崎教授のひとり息子、見事な機転ぢゃ。ならばとっとと『どん底』へゴーなんだ。カオル殿の生き別れの双子の片割れはどこにおるんぢゃ?」

「『どん底』へゴー」

「あの、ぼくは実はひとりっ子ではなく、二卵性双生児の妹がいるんですけど」

「なんと。シンイチロウ殿はそんなことはなく、儂にはひと言も言わなんだ。カオル殿の生き別れの双子の片割れはどこにおるんぢゃ?」

「ぼくも最近知ったばかりですが、妹は『どん底』の近くのクリニックに住んでいて……」

「つまり奥方が引き取ったわけか。それなら近々、カオル殿の妹君にもお目通りすることになるぢゃろう」と言う。そんなことは絶対に避けたい、と思ったけれど、あいにく運命の歯車は、

豪介爺ちゃんの言葉を予言に変えてしまった。

「どん底」ではランチはやっていなかった。極彩色の派手なバンダナをした、あのビッグママ

128

がランチで小銭稼ぎをしようだなんてタイプではないことくらい、想像できたはずだ。

「ふむ、この店構えは明らかに深夜営業専門店ぢゃ。だが隣のバーガーのチェーン店で昼食というのも侘しいのう。せっかくだからカオル殿のご母堂のクリニックを訪問してみるか」というのも侘しいのう。

「何を言っているんですか。あちらは診療中です。こんな大勢でいきなりお邪魔したらご迷惑ですから絶対にダメです」と平介小父さんがたしなめる。するとタンデムシートでぽかっと口を開け、エクトプラズムを漏らしていた三田村が、現世に戻ってきた。

「木曜はセント・マリアクリニックは休診ですから、大丈夫だと思います」

「なんでお前がそんなことを知ってるんだよ、三田村」

「いつか見学したいと思って、調べておいたんです」

修学旅行の時の発言は本気だったのか。コイツの執念はすげぇ……。

「さっき、亡くなったお祖父さまが現れて『優一、やりたいことをやりなさい。人生は短いぞ』と言ったんです。ですから私は遠慮や我慢はしないことにしました」と三田村は続けた。豪介爺ちゃんはひと大きなグローブみたいな手で三田村の肩をばんばん叩いた。

「モヤシ坊主はひと皮剝けたようぢゃな。お祖父さんの言う通りぢゃ。人生はやったもん勝ち、猫も杓子もおたまじゃくし、ぢゃ」

後半の諺は初耳だけど、三田村がうなずいたので、まあいいか、とスルーした。

「どん底」からセント・マリアクリニックまで車で15分。事前連絡もなしの訪問は迷惑かなと思ったら、予想に反しぼくの顔を見て「ちょうどよかった。お兄に連絡しようと思ってたの」と、いきなり相性サイアクの二卵性双生児の妹、忍に歓迎されたのには驚いた。

「悪いけど、お前につきあっているヒマはない。〈いのち〉救出作戦で忙しいんだ」

「そんなに忙しいなら、なぜわざわざこんなところに来たのよ」

「ヘラ沼のお爺さんが、『4Sエージェンシー』に助っ人をお願いしたいと言ったからだよ」

「SAYOさんと牧村さんに仕事を頼みたいなら、直接『どん底』に行けばいいでしょ」

「あの店、ランチはやってなくてさ。だから時間つぶしにここに寄ったんだよ」

「ほんと、お兄っておマヌケねえ」

「お前だって今、『どん底』に直接行けばいってアドバイスしたクセに」

「ぼくたちのプチ兄妹ゲンカの様子を眺めていた豪介爺ちゃんが、割って入ってきた。

「そのお嬢さんがカオル殿の妹君なのかな。そうなら紹介してほしいんぢゃ」

忍はとたんによそ行きのすまし顔になる。

「ふつつかな兄がお世話になっております。カオル兄の二卵性双生児の妹、忍です。ちなみに二卵性双生児なので、社会通念上つけられた兄妹という順列に、私は納得していません」

「なるほど。つまりシノブ殿は姉さんかもしれんわけか。儂はあんたのふつつかな仮お兄さんの友だちの面倒を見ることになるかもしれない、しがないジジイぢゃから、あまりお気にせずとも大丈夫ぢゃ」

なんだか面倒くさいジジイ、と小声で忍が呟いた。

幸い、豪介爺ちゃんの耳には、不届き発言は届かなかったようだ。

「シノブ殿のご母堂はご在宅かな」

「母はあいにく、ゆうべから地方の学会に出張していて不在です」

「それは残念ぢゃ。切れ者の曾根崎教授の細君だった方にお目通りしたかったのぢゃが。実は儂は、フロリダであんたのお父上に大変世話になっておる。だから今回はご子息のため一肌脱ごうと、思ったのぢゃ。ところで先ほどシノブ殿は兄上に相談があるとか、言っておったな」

「ええ、まあ」

「それなら微力ながら儂たちも相談に乗ろう。店が開くまでの暇つぶしにちょうどよい。とりあえず詳細を伺おう。何ごとも早くわかれば早く対応できるでの」

「それならお願いします。相談ごとはタク兄上のことなんですけど」

「あんたにはもうひとり兄上がおるのか。それならその兄上のお部屋で話を伺おう」

忍は、とん、とんと軽やかな足取りで2階に行くと、扉をノックする。

「タク兄、カオルお兄と友だちが相談に乗ってくれるって。入っていい？　入るわよ」

返事を待たずに忍は扉を開ける。すると机に突っ伏していたタクさんが顔を上げる。顔色は青く、げっそりやつれていた。相当重症だ。

「もうおしまいだ。〈木馬〉が、コピーされてしまった」とタクさんは呻くように呟く。

「コピーされたら、何が不都合なんですか？」

「アイツはどんな隙間にも潜り込み、情報をゲットして戻ってくる極小プログラムだ。だから悪用されたらとんでもないことになる。軍隊や警察の組織からも情報を手に入れられる。でも先週、コピーされた痕跡が見つかった。凄腕のハッカーにハックされたみたいなんだ」

話を聞いていた平介小父さんが割り込んできた。

「それなら悪用されたかどうかまだわからないから、今のうちに捕捉システムを構築しておけ
ば問題ないよ。私も昔、よく似たプログラムを作ったことがある。原理は似ているだろうから、
昔取った杵柄で、私が不法コピーされた君のプログラムを追跡してみようか」

「是非お願いします」と、タクさんは深々と頭を下げた。

「でもちょっと解せないな。外部に認識されにくいプログラムは、盗まれたりコピーの標的に
なったりしにくい。犯人はどうやって君のプログラムの存在を知ったんだろう」

「それはわかりません。でもハックされたということは、あっちは僕のやっていることを理解
しているということなので、致命傷です」

「とりあえず捜してみよう」と平介小父さんが請け合うと、タクさんの表情が明るくなった。

「ほらな、儂の言った通り、猫も杓子も積もれば山となる、ぢゃろ」と豪介爺ちゃんが得意げ
に言う。あの、それってさっきの諺と違うし、そもそも爺ちゃんは何もしてないのでは。

「とにかく無為な待ち時間で人助けができたから、ヨシとしよう」と言って、さっさと階段を
下りていく後ろ姿を見ながら、忍がぼくに訊ねる。

「今日はブリっ子女は一緒じゃないの?」

「美智子のことか? アイツはお母さん役で6日間〈いのち〉に付き添うから、その準備で先
に帰った。ひょっとしてお前、美智子に会いたかったのか?」

「まさか。あんな優等生気取りの女と話すことなんて、ないわ」

そう言いながらも一瞬、忍の表情に残念そうな影がよぎったのをぼくは見逃さなかった。

132

タクさんがぼくたちについて、部屋を出てきた。

「〈木馬〉の捜索はあの人にお任せすることにした。その代わり僕はパソコン関係でそっちのお手伝いをしたい。迷惑でなければ一緒に連れて行ってくれ」

「外に出て大丈夫ですか？　それに特別なソフトがないとパソコンはいじれないんでしょ？」

「いや、ALS患者用の視線認識カーソルのソフトのCDを持っていって、インストールすればどんなパソコンでも使えるんだ」

1階の応接間では新たに忍とタクさんが加わって総勢7名になったメンバーが、東堂教授にもらった「ポセイドン」の船内図をテーブル上に広げて議論を重ねた。

画像診断室は船内の中心部にあり、動線は単純で経路は推測できたけど、船内に入ったら逃げ道がなくて、〈いのち〉の奪還は困難だという結論が出た。

「どうやらここから先は『4Sエージェンシー』に相談すべき領域のようぢゃ」

時計を見ると6時過ぎ。今から出発すればちょうどいい頃合いに「どん底」に着くだろう。

総勢7名だと豪介爺ちゃんのモンキーバイクを合わせてぴったりだ。

　　　　　∴

「どん底」に着くと、忍はタクさんに付き添って階段を下りる。忍の黒い鞄には小児用バイオリンの他、タクさんのインストール用CDが入っている。ドアを開けると闇が外に流れ出す。

でも豪介爺ちゃんのオーラが闇を追い払ってしまったように、店内は急に明るくなる。

頭にバンダナを巻いたビッグママが、驚いた顔をした。

「おやおや、また大勢のお客さんが来たもんだね。忍のツレかい」

「違うわ、この人たちは牧村さんとSAYOさんに相談事があって、やってきたの」

「2人なら、さっき連絡があったから、もうじき来るよ」

やり取りを聞いていた豪介爺ちゃんが言う。

「女将、ここには旨そうな匂いが漂っているが、料理はできるのかね」

「もちろんだよ。できる料理ならなんでも出してあげるわ」

「儂らは昼飯抜きで腹がペコペコなのぢゃ。人数分のスパゲティと何か、つまみを2、3品、

当たり前のことだよな、と思ったけれど、豪介爺ちゃんは気にせずに言う。

みつくろってもらおう」

ビッグママはうなずいて奥のキッチンに姿を消した。入れ違いに扉がからん、と開いた。

青いドレス姿のSAYOさんと牧村さんが入ってくると、豪介爺ちゃんが言った。

「久しぶりぢゃの、SAYOさん、瑞人君」とゴーグル姿の豪介爺ちゃんが口を開いた。

「その声は豪介さんですね」と牧村さんの眉がぴくり、と上がる。

「その節は世話になった。おい平介、お前は初めてぢゃろう。挨拶せんか」

「親父、忘れたのか。俺は『バッサリ斬るド』に出演した時に挨拶してる。でもあの件できち

んとご挨拶するのは初めてかな。その節はありがとうございました」

「さすがにあの時の同窓会というわけでもなさそうですね。何かご依頼でも?」

「SAYOさん、相変わらず鋭いのう。実は『4Sエージェンシー』に依頼があってな」

そこへスパゲティの大皿を抱えたビッグママが顔を見せた。

「話は聞いたわ。それなら今夜は貸し切りにするわ。SAYO、看板を片付けておくれ」

「どん底」の店内は秘密会議を開くのにぴったりの広さだった。忍はタクさんの食事をさりげなく手伝う。

「美味しい、と感想を言うとビッグママは、えへん、と胸を反らす。

「若い頃は世界中を放浪して家庭料理をご馳走になったから、そこらのコックとは違うわ」

隣で豪介爺ちゃんが、黒サングラスの牧村さんに状況を説明していた。

一通り話を聞き終えると、牧村さんはぼくに顔を向けた。

「シノブちゃんのお兄さんは大変な因縁の環の中にいたんだね。ここに導かれたのもひとつの告知だったのかもしれないな」

「ということは、俺たちの依頼を引き受けてくれるんぢゃな」

勢い込んで言う豪介爺ちゃんに、牧村さんは首を横に振る。

「『4Sエージェンシー』は成功率99パーセントのトラブルシューターという、先代の看板を守りたいので、成功の可能性がなければ受けたくありません。するとこの依頼を受ける条件はひとつだけ。アッシをこちらサイドに引き戻せなければ依頼はお断りします」

牧村さんは顔を上げ、黒サングラスの奥から遠くを見つめるような顔になる。

「誰より深く東城大に入り込んでいるアッシが、東城大を裏切ろうとしている。こじれた物語を読み解かないと成功しない。言い換えればこの作戦を東城大の天意に添うものにしなければならない。ただアッシをこちらの陣営に取り戻せたとしても、作戦の成功率は2割だけど」

「ぼくたちは何をすればいいんですか」と、少し不安になって、ぼくは訊ねる。

「今、君たちにできることは何もない。アッシの気持ちを読み解くのは俺と小夜さんの役割だ。俺たちは桜宮岬の因縁に決着をつけに行かねばならないだろう。小夜さん、車を回して」

「わかりました、ボス」と言って、SAYOさんはすらりと立ち上がる。

SAYOさんが店の前にブルーのシボレーを回してくると、助手席に牧村さんが乗った。

「カオル殿と儂は、この車に同乗する。モンキーバイクは預かってくれ、女将。この件が終わったらこの店の料理も食い尽くしにくるから、覚悟しておけ」

豪介爺ちゃんがそう言うと、ビッグママは「了解」と言ってにっと笑う。

平介小父さんの車に三田村、忍とタクさん、助手席にヘラ沼が乗る。総勢9名は満席だ。

SAYOさんはドレスの袖を腕まくりして、ブルーのサングラスを掛ける。

エンジンを数回、空ぶかししてアクセルを踏み込む。ぎゃぎゃっとタイヤがきしみ、商店街の路地を走り抜ける。豪介爺ちゃんは後ろにひっくり返り、うお、と声を上げる。こころの準備ができていたぼくは声を上げなかった。ぼくの隣では、あまりの加速度に、魂を店の前に置き忘れた豪介爺ちゃんが、酸素不足の水槽の金魚のように口をぱくぱくさせていた。

「細い三日月、もうすぐ新月、大潮がくるわね」とSAYOさんが呟いた。

30分後。

疾走を続ける小夜さんのシボレーの窓から、海岸線が見えてきた。

夜の海原は暗く、岬の突端に、突き立てられたナイフがきらりと光っている。

「瑞人さん、〈光塔〉が見えたわ」

牧村さんは黒いサングラスの顔を向けた。行きは高速道路経由で1時間半も掛かったのに、SAYOさんは下道で30分で着いた。

暗い海岸の砂浜に車を止めると、SAYOさんは後部座席を振り返る。平介小父さんの車は当然、影も形もない。

「これからどうしますか?」と問われて、豪介爺ちゃんは、はっと蘇生する。

「平介の車はついてこれんぢゃろ。儂らだけで塔に乗り込もう」

「それがコレクト・チョイスでしょうね」と牧村さんが同意する。

SAYOさんは車を塔の裏手につけてエンジンを切るとヘッドライトを消した。

ぼくたちは車から降りた。

足元には、砂浜を覆い尽くすように、一面にハマナスが咲いている。

この前、この桃色の可憐な花に気づかなかったのは、肩に力が入りすぎて、テンパっていたからに違いない。

これから突撃しようとしている〈光塔〉が目の前に立ちはだかっている。それはまるで、ハマナスの蔓が編み上げた幻の塔のようにも見えた。

そう思った時、ぼくたちは潮騒に包まれているのに気がついた。

8 章
因縁、月光に溶ける。

7 月 13 日（木）

午後8時。草陰に身を潜めていたら、扉が開いて、小原さんと赤木さんが出て来た。

シェフたちも一緒だけど、美智子の姿は見えない。

「赤木先生の研究だけが遅れているんだから、何とかしなさいよ」

「鋭意努力しているのですが、サンプルの入手が困難でして……」

「例の検査まであと5日しかないの。ギリギリまで待つつもりだけど、日曜の夕方が限界ね。

ダメだったら、以後はプロジェクト・リーダーを佐々木君に交替するわ」

「そんな……。確かにヤツは優秀ですけど、まだ大学生になったばかりですよ」

「私は実力主義だから、藤田教授を飛び越し赤木先生をリーダーにしたの。それと同じことよ。

期限は3日後の7月16日、日曜の午後6時。それ以上はビタ一文待てないわ」

小原さんは時々日本語が変になる。

「秘密研究は非効率です。行き詰まっても誰にも相談できないし成果ばかり求められても……」

「あら、成果以外に何を研究者のメルクマールにすればいいのかしら」

小原さんの正論に赤木先生は黙り込む。草加教授の下で毎朝、忌憚（きたん）のない議論を闘わせなが

ら研究してきた赤木先生にとって、今の環境は生き地獄なのかもしれない。秘密研究はむしろ

フクロウ悪代官・藤田教授の十八番（おはこ）なのに、世の中って皮肉だな、としみじみ思う。

小原さんは、さすがに少し言い過ぎたと思ったのか、こそっと付け加えた。

「まあ確かに、秘密研究が非生産的なのは認めるけど……」

「あの騒々しい真っ赤っ赤がスカーレット小原で、隣で縮こまっているデカブツがモアイ赤木ぢゃな」と豪介爺ちゃんが小声で言う。2人がバンに乗り込み立ち去ると、草陰に潜んでいた豪介爺ちゃんは立ち上がり、ツナギの裾（すそ）についた砂を払った。

「これで中に残っているのは佐々木アッシ氏と、進藤美智子嬢だけぢゃな」

「美智子は先にハイヤーで自宅に帰されるから、いないと思います」

「それなら一層好都合ぢゃ。SAYOさん、牧村君、いざ出陣ぢゃ」

豪介爺ちゃんが建物の扉を拳で叩き、「たのもう」と大声で呼ばわる。するとその大音声に応じたように、塔の入口のドアが開いた。豪介爺ちゃんは大股で建物に入り、ぼくが続く。次にSAYOさんと牧村さんがするりと忍び込んだ直後、背後でドアが閉まった。玄関のライトが、薄暗いエントランスを照らし出している。目の前に長身の影が佇（たたず）んでいる。

「今さら何の用だよ、カオル。それとその態度のデカい爺さんは何者なんだ？」

ぼくが紹介しようとするのを手で制し、豪介爺ちゃんの大声が響く。

「儂（わし）はカオル殿の父上の友人の平沼豪介ぢゃ。縁あって助太刀（すけだち）のため、参った次第ぢゃ」

「平沼君のお爺さんですか。〈いのち〉を奪還（だっかん）しようというのなら無理だから諦めた方がいいです。こちらは自衛隊レンジャー部隊が守る国家代理エージェントですので。カオルはさっさと家に帰って勉強しろ。中学生医学生が中学を落第したら笑い物だぞ」

う、なんて的確な罵倒だろう。今までのぼくなら、そのひと言で挫けていたかもしれない。

でも今のぼくはその程度では潰れたりはしない。その時、凛とした声が響いた。

「ずいぶん突っ張ってるじゃないか、アッシ」

佐々木さんは、ぼくの背後の暗がりに目を凝らした。牧村さんが闇の中から、ふい、と光の中に姿を現した。

「瑞人、兄ちゃん……なぜこんなところに？」と佐々木さんが寄り添う。

隣に青いドレス姿のSAYOさんが寄り添う。

「お前はカオル君の大切な友だちを売り渡したそうだな。俺が知っているアッシはそんなことをするヤツじゃない。お前に何があったのか、知りたくなったんだ」

佐々木さんは拳を握りしめた。その時、急ブレーキの音がして、ガーッと扉が開いた。

平介小父さんの一行が到着したのかと思ったら、そうではなかった。

「ちょっと待って。アッシにもいろいろあったのよ、瑞人」

振り返ると逆光の中、仁王立ちした影と、それに寄り添う小さな影が見えた。

「ショコちゃん、美智子、どうしてここに……」と思わず訊ねると美智子が言う。

「LINEで忍さんが、牧村さんとSAYOさんとカオルが向かっていると連絡してくれたから、すぐに翔子さんに知らせたの。間に合ってよかった」

「久しぶりに会えてうれしいわ、小夜。あんたは昔とちっとも変わってないわね」

「そうかしら。翔子は、あの頃より若返ったみたい」

「毎日ガキんちょに囲まれているからね。挨拶は後回し。今大切なのはアッシのこと。わかってあげて」

アッシを責める気持ちはわかるけど、アッシにもいろいろあったのよ。今大切なのはアッシのこと。わかってあげて」瑞人が

「ショコちゃんは黙ってて」と佐々木さんが言い放つ。

「うぅん、黙らない。アッシがなぜこんなことをしたのか、そのことでどんなに苦しんでいるのか、話さなきゃわかってもらえないわ」

「わかってもらえなくたっていい。アッシがなぜこんなことをしたのか、そのことでどんなに苦しんでいる」

「でもそれは、自分のためじゃなくて、他人のためでしょ」

ショコちゃんはつかつかと歩み寄ると、佐々木さんの腕を取った。

「あんたの苦しみをわかってもらうために、今ここで、すべてを打ち明けるべきなのよ」

佐々木さんの冷たく光る右眼から一筋、銀色の涙がこぼれ落ちた。

佐々木さんが螺旋階段を降りていく。ショコちゃん、ぼくと美智子、SAYOさんに腕を取られた牧村さんが続き、しんがりは豪介爺ちゃんだ。

地下のフロアに降りた佐々木さんは一瞬ためらって、奥のスペースに歩み寄る。

「絶対に覗くな」といわれた禁断のスペース。大きな水槽に白い布が被せられている。

佐々木さんはその前に立つ。ショコちゃんに促され、白い布を取った。

水槽の中には女性が横たわっていた。裸にみえたので顔を伏せたけど、よく見たら、身体にぴったり張り付いた白いボディスーツ姿だった。

「この人は日比野涼子さん。アッシが凍眠をしていた5年間、面倒をみてくれていた女性よ。アッシが凍眠から目覚めた時、入れ替わりで〈スリーパー〉になったの」

ショコちゃんは、細い指先で水槽を撫でながら、言う。

「アッシが凍眠から覚めたら〈スリーパー〉はいなくなり、時限立法は廃案になる。そうしたらアッシの人権を守る法律がなくなり、アッシは医学研究のモルモットにされてしまう。それを防ぐには第2の〈スリーパー〉がいればいい。この人はその道を選んだの」

佐々木さんが天井を仰いだ。吹き抜けの天井の天窓から三日月の赤光が水槽に降り注ぐ。

「涼子さんが覚醒する日がきた。でも涼子さんは目覚めなかった。だからスクランブルで急遽コールドスリープを3年延長した。今年がその3年目なの」

「俺が、涼子さんが目覚めればいい、なんて思ったせいだ」と水槽を拳で叩いた佐々木さんの肩に、ショコちゃんがそっと手を置く。

「涼子さんが目覚めなかったのは、アッシのせいじゃないよ。アッシがどれほど頑張ったか、誰よりもあたしがよく知ってるもの」

それからショコちゃんはぼくを見て、言った。

「アッシがカオル君を裏切ったのは涼子さんのため。それはわかってあげて」

佐々木さんがぽつりぽつりと話し始める。涼子さんの目覚めの時、意識が戻らなかったこと。

彼女はこころをなくしてしまったら、それは佐々木さんがちらりと願ったことだったこと。

でも本当にそうなってしまったら、死ぬほど後悔したこと。

「赤木先生の研究を手伝ったのもそのためだ。その時〈いのち〉が生まれ『DAMEPO』が絡んできて、俺は心変わりした。連中は〈いのち〉を兵士にして無敵の軍隊を作ろうと考えた。身長3メートル、体重200キロの巨体、赤ん坊レベルの知能と感情、少ない食事量、排泄しないことなど、生物兵器としては理想的だ。『プロジェクト』は〈いのち〉に知能を移植する

144

ことに変容し、リーダーは藤田教授から赤木先生に交代した。小原さんは本当の理由を知らない。所詮あの人はマリオネットだ。

「ぼくのパパ、ですね」とぼくが言うと、俺はそんな内実をある人物から聞いていた」

「曾根崎教授は〈いのち〉誕生直後からこの事態を予見して動いていた。最強の一手が東堂教授による大容量CT・MRI複合機『フローティング・ガブリエル』と輸送戦艦『ポセイドン』開発、最先端画像診断機器による生体チェックだ。東堂教授に『DAMEPO』に企画を出させ、〈いのち〉の生物兵器化計画を阻止しようとしたんだ。あとは俺が協力すれば完璧だったんだが、俺は裏切った。『こころの移植』実験が予定されていたからだ」

佐々木さんの顔を見た。この人はそんな早い時期から裏切りを考えていたのか。

「涼子さんの記憶の断片は、ここを司るスパコン〈マザー〉に保存されている。天才プログラマーがインストールした〈腹話術師〉というソフトが、涼子さんのあらゆる想念を保存していた。それを知った俺は、〈マザー〉内に人工的なこころを構築する計画を立案した。小原さんは『DAMEPO』本部の承認を得た。だがその指令は、生存者のこころをコンピューターに再構築し、移植するという指令に変わっていた。そして『DAMEPO』はこころのドナーとして『アイスマン』を指定してきたんだ」

「2階にいた、白い作務衣を着た人ですね」とぼくが言うと佐々木さんはうなずいた。

「こころの移植のため丸椅子に一日中座り、ヘッドギアで脳波を捕捉され続けるなんて、普通の人なら発狂してしまいそうだが、あの人は平気だった。毎日5分間だけ話すことが許された

けど『一度死んだ身に、耐えるという感覚はない』なんて言う、奇妙な人だった」

そう言って、佐々木さんはぶるっと震えた。

「俺はプロジェクトを涼子さんに転用しようとした。〈マザー〉に移植した『アイスマン』の精神を〈いのち〉に移植する時に同時に、〈マザー〉内に浮遊する涼子さんの想念を集めて再構築し、涼子さんに移植しようと思ったんだ。脳はニューロンの集合体でシナプス間を走る電流で構成されるから、ニューロンを電気素子に置き換えれば記憶や感覚の再現は理論上可能なはずだ。このことは小夜さんや瑞人兄ちゃんなら実感できるはず」

SAYOさんは牧村さんを見た。そんな2人をショコちゃんが見つめる。

「記憶の断片を固まりにできればなんとかなるかも、と考えた。スケジュール通り、東堂教授との会合が1日遅れていれば問題なかった。でもこころの移植を決行しようとしたその日に、カオルたちが東堂教授を引き連れて『ハウス』に来た。あそこで指揮権が東堂教授に移ったら、極秘に準備していた、『こころの移植』計画は頓挫してしまう」

「〈いのち〉ちゃんの奪還後に、涼子さんを回復させればよかったのに」と美智子が言う。

「それはダメなんだ。『精神移植』には莫大な電力が必要で、この辺り一帯の電力を一時的に全供給しなければならない。30分ほどの隙間時間に一部の電力を転用してもバレないけれど、プロジェクトが瓦解したらそもそも大容量電力の供給自体がなくなってしまう。そうなったらもう二度とチャンスはない。だから俺は……」

佐々木さんは言葉を切った。沈黙に覆われた地下室に、天窓から淡い月光が降り注ぐ。

手探りで歩みを進めた牧村さんが、手を伸ばして水槽を撫でた。

「不器用なヤツだ。お前は昔とちっとも変わっていない。それなのにお前はこれからもずっと、

146

そうやって自分の気持ちを偽るような生き方を続けていくつもりなのか？」

「わからない。わからなくなった。ねえ、僕はどうすればいいの、瑞人兄ちゃん」

「それはお前が決めることだ。俺にはアドバイスはできない」

「でも瑞人兄ちゃんは昔、僕の進むべき道を示してくれたじゃないか」

「それは違う。俺はお前に道を示してなどいない。あの時、俺は俺の、お前はお前の選択を続けるなら、俺にやれることはない。だがお前が〈いのち〉君を奪還したいと思うなら、択を続けるなら、俺にやれることはない。だがお前が〈いのち〉君を奪還したいと思うなら、だ。逆に俺はお前に救われたんだ。だからシンプルに考えろ。お前が東城大の精神に逆らう選

俺と小夜さんは手助けできる。それだけだ」

「東城大の精神に逆らう選択？」と佐々木さんがぽつりと訊ねる。

「お前は東城大の申し子だ。誰よりも長く深く、東城大に寄り添って生きてきたんだから」

佐々木さんは目を閉じ、深く息を吸った。そしてそれを吐きだしながら呟（つぶや）く。

「僕が、東城大の申し子……」

それから目を開いて、牧村さんを凝視した。

「それなら瑞人兄ちゃんに聞きたいことがある。兄ちゃんは東城大に感謝してる？」

牧村さんは一瞬、黙り込んだ。それから静かに言う。

「感謝はしていない。俺は生きたいと思ったことはない。生かされただけだから」

隣のSAYOさんが面を伏せる。佐々木さんは質問を重ねる。

「もし、瑞人兄ちゃんが誤診で手術されていたら、どうするんだよ」

「誤診ですって？」とSAYOさんが悲鳴のような声を上げた。

「なぜそんなデタラメを言うのよ、アッシ」とショコちゃんも叫ぶ。

「僕の仕事は〈オンディーヌ〉、つまり涼子さんの維持だけど、表向きはここに蓄積された東城大の医療レコードの整理と保存だ。瑞人兄ちゃんの言う通り、僕は誰より深く東城大に潜行した。だから東城大がどれほど欺瞞に満ちた医療行為をしてきたか、よくわかった。その中の瑞人兄ちゃんと僕のカルテを調べ直したら、兄ちゃんの片目はレティノでなかった可能性が高いことが判明した。それでも兄ちゃんは僕に、東城大に寄り添えと言えるの？　間違って視力を奪われた事実を闇に葬り謝罪もしない。そんな組織を愛せ、と言うの？」

凍り付いたように、時がゆっくり過ぎていく。やがて牧村さんが口を開いた。

「それとこれとは話が違う。俺の眼の問題は俺のことで、他人がとやかく言うことではない」

「瑞人兄ちゃんは、不当に視力を奪った東城大が憎くないの？」

「憎しみや恨みはない。今の俺はただ、与えられた世界で生きているだけだ」

突然、頭上から聞き慣れない声がした。

「なるほど。こんなところに神さまが降臨していたとは、奇遇ですね」

地下室の人たちが一斉に頭上を見上げる。

1階のピロティから小さな白い顔が下を見下ろしていた。

細い目。細い口唇。越冬中の紋白蝶が、静かに羽を開閉させているような錯覚。

「アイスマン、どうしてあなたがここに？」と佐々木さんが訊ねる。

「必要とされたデータは全て提供しましたから、僕がここにいる理由はなくなりました。ですのでお暇しようと思いまして」

148

「誰だ、あんたは」と牧村さんが低い声で言う。

「世の中には知らない方が幸せなことがあります。あなたの先ほどの言葉に共感を覚えたので口を出しましたが、僕らしからぬ行為でした。でもたぶん、東城大に対する憎悪と妄念が渦巻き衝突した場に、僕が居合わせたのは偶然ではありません」

「偶然でないとしたら、何だと言うんですか？」と佐々木さんが訊ねる。

白い作務衣姿の男性は、ため息をつくように言う。

「天意です」

その言葉は、激した場を急速に冷却した。

「僕が今の物語を聞けたことは天意ですが、茶番の結末を見届けるのは天命ではありません。でも、なかなか興味深い話でした。僕はお暇しますので、田口先生によろしくお伝えください」

「田口先生と知り合いだということは、あなたも東城大の関係者ですか」

「あなたは東城大の過去の全医療レコードを検索したと言いましたね。そこに僕のデータはありましたか？」

佐々木さんが首を横に振ると、白い男性はうっすら笑う。

「それが答えです。　僕は、東城大にとって忌むべき特異点なのです」

男性の姿は、ふい、と消え、後には茫漠とした虚無が残された。豪介爺ちゃんが言う。

「何者ぢゃ、アイツは。突拍子もないことばかり、言い散らかしおってからに」

「お前、あんなヤツのこころを〈マザー〉に移植したのか？　どんなヤツなんだ？　こころを移植したのなら、少しは内面に触れたんだろ？」

「〈マザー〉に保存された涼子さんのフラグメントとは真逆で、からっぽ。希薄で解析はしゃ
すかったけど。やっているうちにこころの骨格標本ってこういうものかと思ったけど……」

「佐々木さんはそんな得体の知れない人のこころを〈いのち〉ちゃんに移植したんですか」

美智子が激しい口調で非難した。佐々木さんは首を縦に振る。

「そうだ。ミッションが終了したことは小原さんも赤木さんも知らない。『DAMEPO』の
プロジェクト・リーダーは『精神移植』がメインになった時から俺に変更されていた。だから
俺はトラブルが起こる前、ついさっき、『精神移植』を済ませてしまった」

「するとこの女性にも『精神移植』を終えている、ということか」

牧村さんの問いに、佐々木さんはうなずく。

「だからさっきの瑞人兄ちゃんの質問への答えはこうなる。僕はコイツらに協力してもしなく
てもどっちでもいいんだ。僕は瑞人兄ちゃんの本音を聞きたい。誤診の結果の治療で視力を奪
った東城大に協力したい？ それともしたくない？」

「俺は便利屋だ。依頼に応えて動くだけで、自分の感情を関与させるつもりはない」

牧村さんが呟くように言うと、佐々木さんは一気に言う。

「ご立派だね。それなら僕も瑞人兄ちゃんを見倣ってって、答えるよ。僕はコイツらの依頼に
応じるつもりはない。だけど瑞人兄ちゃんの依頼なら受けてもいい」

「俺は依頼者にはなれないと言っただろう？」

「それなら、この依頼は受けない。兄ちゃんはずっと僕の羅針盤だった人なんだから」

牧村さんの表情が歪(ゆが)む。自分の感情を殺して、依頼だけを引き受けるというスタンスで生き

150

てきた、これまでの人生がクラッシュしてしまうかのように。

その時、SAYOさんが低い声で歌い出した。その歌は聞き覚えがあった。

「どん底」で聞いた『La Mer』（海）だ。

光の中、砂浜に佇む白いワンピースの少女が、海を眺めている。風に髪をなびかせて振り向

くと、微笑んだ。

その場にいた誰もがみんな、呆然として、少女の姿を見つめている。

SAYOさんの歌は天空から降り注ぎ、月の光のようにぼくたちを照らし出す。

歌い終えたSAYOさんは、吐息をついた。

牧村さんが言う。

「俺の人生は由紀さんから託されたものなのに、由紀さんならどう考えるか、考えなかった」

するとショコちゃんが首を横に振った。

「それは間違っていないわ、瑞人。由紀ちゃんは死んだけど、あんたは生きているんだから。

もう由紀ちゃんのことは忘れて、自分の人生を生きなさい。アッシの問いに、あんた自身が答

えるの。それはあんたが生きている証しだし、由紀ちゃんが望んだのは、あんたがそんな風に

生きることだったんだから」

牧村さんが黙り込んでいるのを見て、美智子さんが言った。

「何なんですか、これ。あたしは佐々木さんや牧村さんの過去なんてどうだっていい。死んだ

人のことや誤診も興味ない。〈いのち〉ちゃんを助けて。あたしの同意なくあんな気味悪い人

のこころを移植するなんて酷すぎる。〈いのち〉ちゃんはあたしたちと同じ人間なのよ」

いや、それは違うだろう、と思ったけれど、口にはできなかった。

でも美智子の真っ直ぐな言葉はそこにいる人たちみんなの心を打った。

「アッシは一番大切なことを忘れてるわ。涼子さんが凍眠した理由は何だったの？　それは、アッシが〈いのち〉ちゃんと同じように実験動物みたいに扱われないようにするためだったはずよ。それなのにあんたは真逆のことをやってしまったのよ」

ショコちゃんの言葉に佐々木さんは、電撃に打たれたように身体を震わせ目を見開いた。

やがて佐々木さんは膝から崩れ落ち、涼子さんが眠る水槽にしがみついた。

「ああ、僕は何てことをしてしまったんだ」

ショコちゃんは佐々木さんに歩み寄ると、牧村さんの手を取り佐々木さんの手と重ね合わせ、その上に自分の手を重ねた。

「ふたりとも素直になりなさい。アッシも瑞人も大切な視力を失って、どれほど大変な思いで生きてきたか、あたしと小夜は知っている。だからオレンジ新棟小児科看護師長として、かつてその患者だった、ふたりに命令する。これからはあんたたちは、自分の意志で自分の未来を決めなさい」

2人は黙っていた。でも重ねた手に次第に力がこめられていくのがわかった。

牧村さんが口を開く。

「東城大が過去、俺の視力を不当に奪ったという事実は衝撃だったけれども、それは今の俺の気持ちには何の影響も与えない。恨みも憎しみもない。でも俺は、自分の気持ちから目をそらして生きてきた。これまで他人の望みを叶えるために純化してきた、と思い込んできた。だが

152

アツシの言葉は俺の欺瞞を打ち砕いた。だからお前に頼みたい。この人たちの願いを叶えるた

めにお前の力が必要だ。俺たちに協力してほしい」

佐々木さんは牧村さんを抱きしめると、何度も大きくうなずいた。

それから身体を離して直立して、敬礼した。

「了解であります」

ぼくは、そんなふたりを見て、胸が熱くなった。

天窓から降り注ぐ月光が、地下のホールに集まった人たちを照らし出す。

突然、天から物悲しい、だけど凛としたピアノの旋律が降り注いできた。

はっと目を見開いた佐々木さんは、地下室の神殿を見た。

水槽が、その美しい旋律に応じるように、ぼう、と光った。

その夜、東城大の長く深い因縁が交錯して、月光の下で溶けたのだった。

9章
実物見ずして評価せず。

7月13日（木）

しばらくして後続部隊が到着した。

こうしていのち奪還計画メンバーが〈光塔〉の地下室に一瞬、勢揃いした。

平沼父子、三田村、忍にタクさんの5人だ。

「僕がこころの移植を強行した後も、涼子さんに変化はない。だからあのトライアルは失敗した可能性もあるけど、今となってはもう確認できないんだ」と佐々木さんが言う。

するとスパコン〈マザー〉のモニタを見つめていたタクさんが言った。

「よかったら僕がチェックしてみようか。少しは役に立てると思うけど」

「協力してもらえるのはありがたいけど、だけど、その……」

「両腕がなくても、ALS患者用に開発された、視線でカーソルを動かすソフトをインストールすれば大丈夫だ」

謙虚な人柄が滲み出たタクさんのきっぱりした言葉は、能力の高さを確信させるものだった。

「わかった。猫の手も借りたいところだからお願いしたい」

「残念ながら『手』はないんだけど」というタクさんのジョークに、みんな大笑いした。

「それと、プライベートの記憶領域には入らないようにするよ」

佐々木さんがほっとした表情になる。忍が鞄からCDを出し佐々木さんに渡す。入力ソフト

156

がインストールされると、タクさんはモニタの前に座った。忙しく視線を走らせ次々にプログラムを立ち上げる。やがてモニタ上に２人の人物の姿が立ち上がる。男性と女性だ。

どちらの顔も見覚えがある。　女性は水槽で眠る〈オンディーヌ〉、日比野涼子さんだ。

男性は、佐々木さんが『アイスマン』と呼んでいた、さっき立ち去った白装束の男性だ。

「これはこころを移植する際のパッケージだ。エレメンツを入れる前はのっぺらぼうだけど、パーツが入ると顔が浮かんできて、外見が完成するとこころの移植が完了したことを示すんだ」

「へえ、なかなかの優れ物だね」とタクさんが言う。

「この２体の素性は全然違っていて、男性は生体から直接エレメントをコピーしたものだけど、女性は〈マザー〉内に漂う情報を寄せ集めたものなので、構造物としては全くの別物なんだ」

『プロダクト』の中身の解析は短時間では不可能だけど、移送先のチェックは難しくない。

「中身に触れないようにするけど、システムには触れさせてもらうよ」

そのやり取りを聞いて豪介爺ちゃんが言う。

「パソコンはシノブ殿の兄上にお任せして、お主は〈いのち〉奪還計画の方に参加しろ」

佐々木さんはテーブルの上に広げた『ポセイドン』の船内図を見る。ＳＡＹＯさんが部屋の広さや通路の長さ、つながり方を詳細に牧村さんに説明している。牧村さんが言う。

「船のど真ん中のコンクリートで囲まれた部屋のせいで、船の浮力が途方もなく必要になり、本来あるべき内部構造を徹底的に撤去しているようだ。この後は輸送船として使用するんだろうから、そんな対応も可能だったんだろうけど、相当無茶な仕様だな」

牧村さんの言葉をみんなが待ち構えたその時、背後でタクさんの叫び声がした。

「なぜ〈木馬〉がここにいるんだ?」と蒼白になったタクさんは、震え声で言う。

佐々木さんはタクさんの側に歩み寄ると、肩越しにモニタを見た。

「〈マザー〉内に浮遊している涼子さんのフラグメントを集めるためのプログラムを探し出せと命じたら、どこからか見つけてきたんだ。〈マザー〉内に放し飼いにしておいたら、半日でこころを再構築するのに必要なデータを全部集めた。これって〈木馬〉という名前なのか?」

神移植はギリギリ間に合ったんだ。このプログラムのおかげで涼子さんの精タクさんは佐々木さんに頭突きしようとしたが、佐々木さんはひょい、と身を躱し、タクさんは床にすっ転ぶ。ごろりと身体を反転させ仰向けになると、佐々木さんをにらみつける。

「この泥棒野郎。僕はコイツの飼い主だ」

忍がタクさんに駆け寄り、上半身を起こすのを助けながら言う。

「タク兄の大切な〈木馬〉を盗むなんて、あんたってサイテー野郎ね」

息を荒らげているタクさんと、顔を真っ赤にして激怒している忍に、佐々木さんが言う。

「〈マザー〉が勝手にやったこととはいえ、申し訳なかった。〈マザー〉が他のコンピューターをハックして盗み出すなんて、これまでそんなことは一度もなかったんだ」

平介小父さんがとりなすように言う。

「でもこれでタク君のプログラムが悪用される危険はなくなったから、一安心だね」

タクさんの興奮は次第に収まった。犯人に悪気がないとわかり、ほっとしたのだろう。

「僕はコイツが悪用されることを心配してたんだ。削除してくれればいい」

「それが実は〈マザー〉が〈木馬〉を気に入ってしまったらしく、システム内に寄生させて、

158

涼子さんのこころの一部にも組み込んでしまったんだ。だから除去はできないかもしれない。

つまり〈マザー〉が〈木馬〉を、『ミトコンドリア』みたいに取り込んでしまったんだ」

その説明を聞いて、タクさんは不安げに訊ねた。

「すると〈木馬〉は世界中に広がってしまう可能性があるのか?」

「その可能性は低いと思う。〈木馬〉を『リョーコ』にだけ植え、『アイスマン』には入れなかったようだから」

そう聞いて安心したタクさんは椅子に座り直す。その視線は左右に忙しく動き、モニタ上をカーソルが躍り、いろいろな画面が立ち上がり重なりあっていく。やがてタクさんが言う。

「君はとんでもないミスをしてるぞ。精神2体分の移送をコマンドしてるけど、そのオーダーは混線して1体分しか移送されていない。1体は建物外のコードネーム『ソルジャー』に移送完了しているけど、建物内の〈オンディーヌ〉には移送されていないよ」

「それってどういうこと?」と忍が訊ねると、タクさんが答える。

「〈マザー〉内には『アイスマン』と『リョーコ』がいた。『アイスマン』は『ソルジャー』に、『リョーコ』は〈オンディーヌ〉に移植するというオーダーだった。ところが『ソルジャー』に精神移植する際、〈マザー〉内の2体の精神のうち、『ソルジャー』が『アイスマン』を拒否して『リョーコ』をセレクトしたようだ。その結果、行き場をなくした『アイスマン』はやむなく〈オンディーヌ〉に入り込もうとして、〈オンディーヌ〉にも拒絶されてしまったので、

「さっぱりワケワカメなんですけど」とぼくが言うと、タクさんが微笑して言う。

スパコン内で自閉しているようだ」

「精神移植の際、〈マザー〉内の2体の精神から、『ソルジャー』が『リョーコ』をセレクトしたんだ。行き場をなくした『アイスマン』はやむなく〈オンディーヌ〉に入り込もうとして、彼女にも拒絶されたので、〈マザー〉内で自閉した。全ては『ソルジャー』＝〈いのち〉君が2つの精神から、『リョーコ』を選び取った結果だね」

すると、ぱん、ぱん、と豪介爺ちゃんが手を叩いた。

「世界の森羅万象を読み解けるなどとはマッド・サイエンティストのたわ言で、この世の中にはわけのわからないことがあるものぢゃよ。巨大な赤ん坊のこころがどうなっているか、周りでピーチクパーチク囀（さえず）ったところでどうもならん。儂（わし）たちは赤ん坊を悪の手先から救い出す。中身は、赤ん坊を助け出した後でゆっくり考えればいい」

「お言葉ですが、〈いのち〉ちゃんは赤ん坊ではありません。自分の足で歩くし、言葉だって話し始めています」と美智子が猛然と抗議すると、豪介爺ちゃんは謝った。

「申し訳ない。何せ儂はまだ実物を見ておらんでな。『実物見ずして評価せず』ぢゃ」

「豪介さんの言う通り、今すべきことを考えよう。ひとつは〈いのち〉君の搬送計画に奪還計画をもぐりこませること。もうひとつは〈マザー〉と接続中の〈いのち〉君の配線回路を遮断した際の影響を調べること。現在〈マザー〉と交信中の〈いのち〉君の精神が、〈マザー〉を遮断することで崩壊する可能性がある。事前チェックで致死的影響が出たら、搬送計画は変更せざるを得なくなる」と牧村さんがまとめた。

「〈いのち〉ちゃんのこころが崩壊するって、どういうことですか？」と美智子が気色ばむ。

「その可能性があるかもしれない、ということだから、心配するな」とぼくは言ったけど、何

の慰めにもなっていないのが丸わかりだ。

「〈マザー〉とのコンタクト遮断が先だが、後のアイディアを先に思いついた。

平沼さん、今、製作所に使える潜水艇はありますか？」

牧村さんに聞かれた豪介爺ちゃんは顔を曇らせた。

「旧式の『深海七千』は東城大海洋研究所に貸し出していて今はオホーツク海を探査中、新型の『深海一万』はNASAに委託してあるが、どこで何をしているか把握しておらん」

「残念です。あれば助かったんですが……」

すると平介小父さんが言う。

「親父、倉庫にもう１台あるじゃないか。『深海五千』が」

「確かに、な。ぢゃがあんな旧式のポンコツは……」と豪介爺ちゃんは口ごもる。

「あるんですね？」と牧村さんに念を押されて、豪介爺ちゃんはしぶしぶうなずいた。

「潜水艇の初号機で、耐用年数を過ぎ、溶鉱炉で溶かし新型の『深海一万二千』の母体にしようと考えておったガラクタぢゃ。20年前の初号機ぢゃから、図体は最新機の2倍はあるわ、動作はのろく小回りは利かないわ、どうもならん鉄クズでな」

「素晴らしい、それなら条件にぴったりです。アッシ、俺は平沼さんと奪還計画を詰めるから、お前は〈マザー〉との接続遮断計画を考えてくれ」

そう言うと牧村さんとSAYOさんは、平沼一家3人と一緒に1階に上がった。

地下に残されたのは、〈マザー〉接続遮断計画チームで構成員は佐々木さんとショコちゃん、ぼく、美智子、三田村、そして忍とタクさんの7人だ。

「〈いのち〉と〈マザー〉の接続を切断するって、臍の緒を切るみたいな話なのかなあ」

ぼくがぽつんと言うと、美智子は首を横に振った。

「違うわ。あの鉄カブトみたいなヘッドギアを外すことよ、きっと」

「でも赤木先生が必死に追い込みをかけている最中だから、難しいだろうな」

佐々木さんが説明すると、美智子が冷ややかに訊ねる。

「赤木先生は今、何の研究をしているんですか」

「こころの移植に際して、類型のない刺激を与えることで移植されたこころの反応を調べて、通常の心因反応の本質を解き明かす、ということらしい」

「どんなことがあれば、その赤木先生という人は助かるんですか」と忍が単刀直入に訊ねる。

無駄口を叩かないあたり、マサチューセッツのパパと瓜二つだ。さすが親子。

「これまで見たり聞いたりしたことのないような特別なものを見せて、びっくりする脳波の様子を調べるって感じかなあ」と佐々木さん。

「でも〈いのち〉ちゃんは新種の生物だから、人間と似てないんじゃないんですか」

「だから『これまで見たり聞いたりしたことがないような特別なもの』を見せる時にまず普通の人が見て、それから〈いのち〉君に見せ、脳波を比較するという手順になるかもしれないね。だけどそういうものが見つからないから、赤木先生は頭を抱えているわけだ」

「そりゃそうですね。『これまで見たり聞いたりしたことがないような特別なもの』は、滅多にないからそう呼ばれるわけで……」と、ぼくが合いの手を入れると、忍が顔を上げた。

「なんだ、そんなことでいいんですか。それなら問題は解決してます」

162

そう言って部屋の隅に行き、黒い鞄を開けた。振り返ると、忍は銀髪のウィッグを被り、小

児用のバイオリンを手にしていた。美智子が食ってかかる。

「こんな時に、あんたの大道芸を見せるつもり？　そんなヒマなんてないわ。そりゃ、確かに

演奏は上手だけど……」

更に抗議を続けようとした美智子の唇に、人差し指を押し当てて、忍が言う。

「しい、黙って。百聞は一見に如かず、よ」

背筋を伸ばし、バイオリンを構える。右手に持った弓を一気に解き放つ。

情熱の曲、「ツィゴイネルワイゼン」だ。

文句を言っていた美智子も、気がつくと無心で曲に聴き入っている。

やがて、ぼくが美智子の脇腹を肘でつついた。

「何よ、いいところなのに邪魔しないで」

小声で言う美智子に、ぼくは忍が演奏している姿を指差した。美智子は目を見開く。

銀髪の〈無弓妖精〉は、情熱的な演奏を続けていた。

ただし、右手に弓は持っていない。

腕の動きが、バイオリンの弦の上の虚空をなぞっているだけだ。

なのにぼくたちは、彼女の「演奏」に酔いしれている。

曲を弾き終えた忍は、深々とお辞儀をした。

でも、拍手は湧かず、場はしんと静まり返った。

「これは一体……」と佐々木さんが呆然と呟く。ぼくが説明する。

「共感覚の一種らしいんですけど、正式に調べてもらったことはありません。そしてもうひとり、こういう能力を持っている人がいます」

「小夜さん、だね」と佐々木さんはぽつりと呟く。この場にいる人たちはすぐに理解した。

みんなさっき、SAYOさんの歌を聞いたばかりだったからだ。

「ね、これって『これまで見たり聞いたりしたことがないような特別なもの』という条件に、ピッタリだと思いませんか?」と、忍が得意げに言った。

計画を練り終えた地下室の接続遮断チームが1階にいくと、〈いのち〉奪還班も打ち合わせを終えたところだった。顔を見合わせたぼくたちの顔に自然に微笑みが浮かんだ。

どちらの計画も出来たことを、お互いの顔を見て悟ったからだ。

豪介爺ちゃんが言う。

「そろそろ日の出ぢゃ。計画の成功を祈って、みんなでご来光を拝もうぢゃないか」

その言葉に従い、みんなはぞろぞろと「未来医学探究センター」の外に出た。

長い一日、そして長い長い夜が今、終わろうとしていた。

〈光塔〉の前に広がる砂浜に出る。

朝靄が降りる中、黒々とした船影が見えた。汽笛の音が、朝靄を裂いて響く。

甲板に艦砲が並び、高いマストの上には星条旗がはためいていた。

巨大軍艦の海神「ポセイドン」だった。

東堂先生の顔を思い出す。こんなとんでもないものを、片手間で作ることなんてできない。

164

東堂先生は、「ガブリエル」＆「ポセイドン」を作るために、全身全霊を傾けて対応したに違いない。するとやっぱり東堂先生は……。

なにごとも、実物を見ないと正当な評価はできないものだ。

この時初めて本物の敵と相対したぼくは、敵の強大さを骨の髄まで思い知らされていた。

夜明けの海岸線で輸送戦艦「ポセイドン」の威容を見て、〈光塔（ミナレット）〉に戻った。

「朝一番で東堂教授と面会するから、それまでみんな、少しでも眠っておくように」と牧村さんに言われた。

ぼくはちっとも眠くないと思ったけど、布団を敷いた2階の部屋に入ったら、あっという間に寝落ちしてしまったようだ。

身体を揺すられて目が覚めた。佐々木さんがぼくの顔を覗き込んでいる。

「8時過ぎだ。眠いだろうが、もう起きろ」

ぼくは上半身を起こし、大あくびをした。

それから「全然眠くないです」ともにょもにょ答えて、次のあくびをかみ殺した。

1階に降りると他は勢揃いしていて、ぼくが最後だった。

テーブルの上にコッペパンと牛乳パックが置かれている。

「急だったのでこれしか準備できなかったけど、我慢してくれ」

佐々木さんが言うと豪介爺ちゃんが言う。

「桜宮大空襲の後は大根のしっぽしか食べ物がなかった。あの時代を思えば極楽ぢゃよ」

うーん、やっぱり豪介爺ちゃんのコメントは、いつも飛び抜けているな。

パンを平らげ、牛乳を一気に飲み干すと、身体の奥底から力が湧いてきた。

これから東城大学医学部に行き、作戦が始まる。

8時半前。「未来医学探究センター」の前にメンバーが一列に並んだ。

機動力の車は3台。

人間、変われば変わるものだ。

平介小父さんのセダン、SAYOさんの青いシボレー、ショコちゃんのランクルだ。

「あのう、私はシボレーに乗ってみたいのですが、よろしいでしょうか？」

なんと三田村自らご所望とは……。

「もちろんぢゃ。乗れ、乗れ、好きなだけ乗れ。どうせ東城大までのショート・ドライブ、各自好きな車に乗るがいい」と豪介爺ちゃんがけしかける。

真っ先に青いシボレーに乗り込んだのはヘラ沼で、続いて宣言通り三田村が乗り込む。

当然、牧村さんも一緒だから、これで人気ナンバーワンの1号車シボレーは満席だ。

2番人気はショコちゃんのランクルで、豪介爺ちゃんと忍が立候補した。忍が乗るからタクさんも一緒。ショコちゃんが「アッシはあたしのパシリでしょ」と指名したので佐々木さんが助手席に乗る。これで2号車も満員御礼。

残りものの3号車には、ぼくと美智子が乗ることになった。

「平凡なセダンで申し訳ないね」と平介小父さんが言う。

「桜宮市内を走るなら安全第一です。それに残り物には福がある、と言いますし」とぼくが言

うと、「カオルって時々ジジむさくなるのよね」と美智子が呟く。

セダンに乗り込むと、先頭のＳＡＹＯさんのシボレーが、ぎゃぎゃぎゃ、と走り去る。

魂を背後に置き去りにして、口をぱくぱくさせている三田村の姿が目に浮かぶ。

ひょっとしてアイツ、エクトプラズムを離脱させる快感に目覚めてしまったのかも。

つづいて２号車ランクルがエンジンを空ぶかししてから、ダッシュで追いかける。

いかにも負けず嫌いのショコちゃんらしい。

その車影が消えると、平介小父さんがキーを回す。ぶるん、とエンジンが遠慮がちにかかる。

「それでは我々も、ぼちぼち出発しよう」

のんびりスタートした３号車のバックミラーに、朝日に照り返した銀色の〈光塔《ミナレット》〉が、きらりと映り込んでいた。

10 章
年寄りの冷や水は甘すぎる。

7 月 14 日（金）

7月14日はパリ祭の日だ。約230年前のこの日、パリで民衆がバスチーユ監獄を襲撃し、革命の狼煙（のろし）が上がった。歴史オタには重要な日に、出勤してきた高階学長は目を丸くした。

「こんな朝早くからお揃いでどうされたんですか、なんていうお訊ねは野暮でしょうね。おや、佐々木君もいるじゃありませんか。呪縛（じゅばく）は解けたようですね」

「あの時はすみませんでした。俺のせいで先生方の作戦を台無しにしてしまいました」

　佐々木さんが深々と頭を下げると、高階学長はにっこり笑う。

「済んでしまったことはいいんです。また我々のため尽力（じんりょく）してくだされば十分です」

　その言葉に佐々木さんの表情にわずかな翳（かげ）りがよぎったのを、ぼくは見逃さなかった。

「おや、そちらはまた懐かしい顔ですね。昔、オレンジにいた浜田小夜さんでは？　一緒にいらっしゃる青年はその時のレティノの患者さんでお名前は確か……」

「牧村瑞人です。俺のことを覚えていてくださったんですか？　ところで初対面の方も結構おられますが、どなたかご紹介していただけませんか」

「もちろんです。あの時は大騒動でしたから。

170

「学長先生、今日はお菓子はないの?」とヘラ沼がずい、と前に出た。

「ごめんね、この間君が平らげて、もうすっからかんなんです、補給しておきますね」

「よろしくね、学長先生。爺ちゃんと父ちゃんを紹介するよ。平沼製作所の会長と社長だよ」

次はぼくの番だ。

「こちらは二卵性双生児の妹の山咲忍と、その義理の兄の青井タクさんです」

手際よくニューフェースの紹介を済ませると、ぼくたちを代表して牧村さんが口を開いた。

「東堂教授に俺たちの作戦にご協力いただきたいのです」

「東堂教授は、田口教授と『満天』で朝食を召し上がっていて、間もなくお見えになります」

その言葉が終わるか終わらないかのうちにばたんと大きな音を立ててドアが開いて、テンガロンハットをかぶった東堂先生が大きな身振り手振りと共に部屋に入ってきた。

「マイボスは謙虚すぎマス。今やプロフェッサーの地位に上り詰められたのですから、ゴン・タカシナの向こうを張ってドン・タグチとして……と、はて、この人たちはなにごとデスか。敵陣の中枢に潜入するとは、オー、そこにいるのは何と〈裏切り少年〉ではアーリませんか。敵陣の中枢に潜入するとは、

これまた大胆不敵、恐るべきヤング・ガンですな」

「本人は反省していますので、許してやってください」と牧村さんが取りなす。

「そういうユーはどなたですか」

「便利屋の『4Sエージェンシー』の牧村です。〈いのち〉君奪還を依頼され検討したところ、針の穴を通すような細い径(みち)を見つけました。それには東堂教授の協力が不可欠なのです」

東堂教授は、牧村さんが話し終えると口を開いた。

「ふむ、ミーの評価が高いのはスプレンディドですが、ミーにできることなら協力しマス。でもできないことは協力できまセン。そんなミーに一体何をさせようと言うのでせうか」

当たり前の言葉も、東堂教授がもったいをつけて言うと胡散臭さが倍増する。

「今朝方、桜宮桟橋に大容量CT・MRI複合機『フローティング・ガブリエル』を搭載した輸送戦艦『ポセイドン』が着岸しました。まず船内を見学させていただきたいのです」

「HAHAHA、なかなか愉快なガイですな。あれはアメリカ合衆国の軍艦デスから、米国の軍人以外はおいそれとは乗船できないものなのデスよ」

「でも『ポセイドン』は『フローティング・ガブリエル』搬送に特化した輸送船で、東堂教授は今回の検査の最高責任者ですから、その権限を以てすれば俺たちを乗船させることくらい、わけないでしょう。もちろん我々全員とは言いません。2、3名でいいんです」

東堂教授は腕組みをして、隣の田口教授をちらりと見た。田口教授は小さくうなずく。

「ミーは『ポセイドン』に乗船し、MRIのセットアップに取りかかるので3人ほど見繕ってミーの助手として乗船させて進ぜまセウ。さて、だ・れ・に・し・よ・う・か・な……」

すると豪介爺ちゃんが息子の平介小父さんと孫の雄介を両腕に抱えて、一歩前に出た。

「この3人にしてくれ。作戦上、最も効率がいい人選なのぢゃ」

東堂教授はじろじろと3人を見ていたが、豪介爺ちゃんを指差して言う。

「お2人はOKデスが、ユーはいかがなものか。日本の諺に、『年寄りの冷や水は甘すぎる』というのがありマスからね」

「お主は外国暮らしが長く日本のこころを忘れ果てているようぢゃな。その諺は全然違うぞ。

正確には『年寄りの冷や水は怒髪天を衝く』というぢゃ」

いや、どっちも違うんですけど……。

「なるほど、愉快なお爺ちゃんですね。よろしい。3人を助手として乗船させよう」

豪介爺ちゃんが牧村さんに親指を立ててみせた隣で、平介小父さんがため息をつく。

「なぜ私はいつもこんな役回りになるんだろう。ただ平凡に生きたいだけなのに」

「俺が一緒だから大船に乗った気持ちでいなよ、父ちゃん」とヘラ沼が、父親の背中をどん、と叩く。その様子をみて『隔世遺伝』という医学用語が脳裏をよぎった。

「オウ、間もなく乗船時刻だ。そうそう、それとユーも一緒に来なさい」

みんなの驚いたのは当然だ。指名されたのは、裏切り者呼ばわりされた佐々木さんだった。

「この前のユーの裏切りにはムカつきましたが、でんぐり返れば度胸があって味方にしたら心強いということデス。不測の事態が起こる船上ではユーのような人材は貴重デス」

「わかりました。5分お待ちを。俺は別働隊の隊長なので他の連中に作戦を伝えないと」

そう言って佐々木さんはぼくを部屋の隅に引っ張っていった。

「カオル、東堂教授はかなりヤバいぞ。『未来医学探究センター』を知り尽くしている俺を引き抜いて、塔から遠ざけようとしている。東堂先生は俺と〈マザー〉を切り離したいんだ」

「どうしてですか」

「〈マザー〉は〈いのち〉の監視役にもなっている。つまり監視役を外したいのかもしれない。何のためか。ずばり〈いのち〉をアメリカに連れ去るつもりなんだろう」

「そんなバカな」とぼくは愕然とした。

「東堂先生が来日して早々、小原さんや赤木先生をコテンパンにした。あの時〈いのち〉の学術的な価値を理解していた。そんな東堂教授が引っ張ってきた輸送戦艦『ポセイドン』でそのまま連れ去ってしまう計画だと考えると、つじつまが合う。あの恐るべき戦艦に収容されたら奪還は不可能だ。だから絶対に『ポセイドン』に〈いのち〉を乗せるなよ」

「そんなことを言ったって、もうどうしようもないのでは？」

「大丈夫だ。俺に考えがある。それには今は切り離され別々の『奪還作戦』と『遮断作戦』を統合する必要がある。その大役を果たせるのは、残念ながらお前しかいない」

えぇ？　いきなり重要任務をあっさりぼくに任せるおつもりなんですか、セニョール。

佐々木さんがぼくに伝えようとした動きを、必死になって頭に叩き込んでいると、痺れを切らした東堂先生が声を掛けてきた。

「ヘイ、〈裏切り少年〉、いつまでミーを待たせるつもりなのデスか」

「すいません、コイツが物わかり悪くて手間取りましたが、たった今、終わりました」

どうしてぼくってこんな風に不当に低評価を食らってしまうんだろう。

世の中、ぼくに対して不条理すぎる。

「では第1分遣隊の出発ぢゃ」と豪介爺ちゃんは勝手に仕切り、他の3人を引き連れて東堂教授の後について行く。高階学長が残ったぼくたちに言う。

「そちらの方々には、どんな協力をすればよろしいのですか」

「第2と第3部隊は、特に助力は必要ありませんので、失礼します」とぼくが答える。

「朗報をお待ちしています」という田口教授の言葉に見送られたぼくたちが駐車場への小径を

174

歩いていると、先に出発した平介小父さんのセダンとすれ違う。助手席に東堂教授がでんと座り、後部座席の真ん中で豪介爺ちゃんが腕組みをしてふんぞり返り、右側では佐々木さんが憂鬱そうな表情で窓の外を眺めている。左側のヘラ沼が坂道をぼくたちに手を振っている。何て濃ゆいメンバーなんだ、と思っているうちに、1号車は坂道を下りて、視野から消えた。

オレンジへの分かれ道で、ショコちゃんが言う。

「久しぶりに会えて嬉しかったよ、小夜。あたしは日勤だからここでバイバイ。このドタバタ騒ぎのケリがついたら、ご飯でも食べよ」

「いいわね、翔子。楽しみにしているわ」と言って2人はひしと抱き合った。

「あんまり派手にやったらダメだよ、小夜の歌はすごいんだから」

「心配しないで。お師匠さんと比べたら、私なんてまだまだだから」

ショコちゃんは、美智子と三田村に言う。

「2人にはオレンジで〈いのち〉君の受け入れ準備を手伝ってもらうわ」

美智子はいそいそとショコちゃんに従い、三田村はそんな美智子の後を追う。

というわけで2号車のランクルは待機となった。残った牧村さん、ぼく、忍、タクさんの4人は〈マザー〉接続遮断部隊で3号車、SAYOさんの青いシボレーに乗り込むと、ぼくと忍は前のめりの姿勢で構える。タクさんはきょとんとして、そんなぼくたちを眺めていた。

次の瞬間、後ろにのけぞったタクさんは頭を駐車場に置き去りにして気を失いかける。青い稲妻が去った後、桜宮丘陵は稲妻のようにお山を一気に駆け下りる。

SAYOさんの青いシボレーは稲妻のようにお山を一気に駆け下りる。

青い稲妻が去った後、桜宮丘陵では小鳥がのどかに、ちちち、と啼いた。

桜宮岬の突端の「未来医学探究センター」にSAYOさんの青い稲妻号が到着したのは10分後だ。どんどんタイムが速くなる。最後はテレポーテーションまで進化してしまいそうだ。

頭を後ろに置き忘れたタクさんが、車が停車した5秒後に頭部を取り戻し、ぷう、と息を吹き返す。5人は車を降り「未来医学探究センター」に入る。タクさんが〈マザー〉のモニタの前に座ると眼を瞬かせた。〈マザー〉が起動し、ウィンドウが立ち上がっては消えていく。

「準備OKだ」と言うタクさんの傍らに、牧村さんが寄り添う。

「小夜さんの歌は聴きたいけど、俺はタクさんのヘルプに回るよ」

「瑞人さんにはいつでも歌ってあげられるから我慢して」とSAYOさんが微笑する。

ぼくは、忍とSAYOさんという美女2人を引き連れ、〈光塔〉を出た。塔の側面から出ている太い電線をたどりながら「こころハウス」に到着した。

「こんにちは。曾根崎です。赤木先生に提案があって、やって来ました。入れてください」

大声で呼ばわると、しばらくして扉が開き、憔悴しきった赤木先生が佇んでいた。

モアイ像のような巨体が、こころなしか少し縮んでいるように見える。

「進藤君はいないのか。今日から〈いのち〉の面倒を見てくれるはずだったんだが」

「美智子は急用ができたので、代理でぼくが来ました」

「ボスは『ポセイドン』号に挨拶に行っているから、戻りは午後1時過ぎになるぞ」

「ぼくは美智子に〈いのち〉の面倒を見るように頼まれたので、入れてください」

「果たしてソネイチャンに今のヤツの面倒を見ることができるかな。生まれてから3ヵ月近く経ち、身長は2倍、体重は6倍以上で、しかも片言を喋っているんだぞ」

「ぼくには〈いのち〉の面倒を見るのは無理です。今日ここに来たのは、佐々木さんの伝言を赤木先生にお伝えするためです」

「ストッパー佐々木が、なぜ伝言をソネイチャンに託したんだ?」

「行き詰まっている赤木先生の研究に役立ちそうな知り合いを紹介しろ、と指示されたんです」

「1人はぼくの妹で、もう1人は妹の知り合いの歌手さんです」

「そういえばソネイチャンの妹さんとは連休の時にお目に掛かったな。そちらのお嬢さんとは初対面だが、なぜその2人が俺の研究のブレークスルーになるというんだ? だいたい俺が今、どんなことで苦しんでいるのか、ソネイチャンは知らないだろう?」

「佐々木さんに聞きました。赤木先生は〈いのち〉君に、『これまで見たり聞いたりしたことのない特別なもの』を見せて脳波を調べろと言われたそうですね」

「う、ストッパー佐々木は意外にお喋りだな。そんな重要なことまでぺらぺら喋るとはな」

「佐々木さんは赤木先生の、こころ移植研究を本気でお手伝いしたいと思っているんです。だから『溺れる者は藁をも摑む』の諺通り、ぼくみたいな藁しべを試しに摑んだらあびっくり、この藁は『わらしべ長者の藁』だったというわけです」

「ストッパー佐々木が俺の研究を本気で助けてくれようとしているという気持ちはわかった。で、その美女2人はどんな風にして俺の研究を助けてくれるつもりなんだ?」

「百聞は一見に如かず、赤木先生が直接見聞してご判断ください」

「わかった。確かに溺れた俺は藁にもすがりたい気分だ。ちょっと待ってくれ、〈いのち〉に接続したヘッドギアを外す。手順を間違えると精神破壊しかねないからな」

やっぱり外部から接続を遮断したら〈いのち〉のこころが壊れてしまう可能性があったわけだ、とわかり、少しほっとする。

赤木先生は椅子に座る〈いのち〉の脇の脚立に上り、ヘッドギアに差し込まれた電極を外していく。右半球に18本、左半球に同数、計36本の電極を外すのに5分掛かった。

〈いのち〉は目を閉じてされるがままだ。何ごとにも無関心になっているようだ。

やがてヘッドギアを外された〈いのち〉は、うっすらと眼を開けてぼくを見た。しばらくぼくを見つめていたが、再び瞼が重そうに下りていく。やる気満々の赤木先生の声が響いた。

「これを俺が被る。『これまで見たり聞いたりしたことがない特別なもの』を見せてもらおう」

ヘッドギアを被り、〈いのち〉の椅子の隣の小さな椅子に座る。驚いたことに〈いのち〉が被っていたヘッドギアは、小さな椅子といっても相当大きい。小さな椅子といっても赤木先生が座っても余裕があるので相当大きい。

先生が座っても余裕があるので相当大きい。〈いのち〉が被っていたヘッドギアは、赤木先生の頭にぴったりフィットしていた。

――赤木先生って、超絶デカ頭だったんだ……。

ぼくは雑念を払い、忍に合図する。忍は足元に置いた鞄から銀色のウィッグを被る。

そして小さなバイオリンを構え、弓をつがえる。

「おい、まさか、『これまで見たり聞いたりしたことがない特別なもの』が、かつらを被ったコスプレ少女のバイオリン演奏というわけではないだろうな」

「まあ、見ててください。ただし目は閉じず、演奏者をしっかり見ていてくださいね」

赤木先生がうなずくとヘッドギアが落ちそうになったので、あわてて両手で押さえる。

ぼくがスマホの録画機能をセットすると、忍は弓を弦に押し当てた。深呼吸して弾き始める。

曲は忍の十八番、バイオリンの名手サラサーテの名曲「ツィゴイネルワイゼン」だ。

演奏が始まると、赤木先生は真剣な表情になる。クラシックの造詣はあるらしい。

忍が曲を演奏し終えると、赤木先生は大きく拍手する。

『ツィゴイネルワイゼン』は大好きな曲だ。確かに素晴らしい演奏だったが、『これまで見た

り聞いたりしたことがない特別なもの』かどうかと言われると、そこまではなあ……」

「赤木先生は本当に、ちゃんと曲を聴いていたんですか?」

もちろんだ、とうなずく赤木先生に歩み寄り、スマホで動画サイトを見せた。

しばらくぼんやりスマホを眺めていた赤木先生は突然、表情を激変させた。

「この子は、弓を持たずに演奏していたのか? そんなバカな……」と言って、食い入るよう

に画面に見入る。

「実は忍は〈無弓妖精〉と呼ばれている、動画サイトでバズっている有名人なんです」

再生数百万回を超えた動画は、ゆうベタクさんが急ごしらえしたフェイクサイトだ。

「ね、『これまで見たり聞いたりしたことがない特別なもの』でしょう? これは先生の理論

なら解釈可能です。ぼくたちが受け取る刺激はすべて脳内でニューロンを介した電気信号に変

換されているから、視覚と聴覚が混線することもあるという、共感覚の実例です。実はもう1

人のSAYOさんも別種の共感覚の持ち主なんですけど、そちらもご覧になりますか?」

「も、も、もちのろんだ」とこんな切羽詰まった状況でも、古典落語もどきのつまらない親父ギャグを嚙ませるなんて、赤木先生は筋金入りのオチ研親父だ。

青いドレス姿のSAYOさんは、赤木先生は優雅にお辞儀をした。この女性が立てば、どこでもステージになる。そんな天性の歌手、SAYOさんは、高く澄んだ声で歌い始めた。

♪　ボンクラボヤは眠るよ　　深い海の底、眠るよ
　　あなたは眠るよ　　　　私の胸の中で眠るよ　　♪

「おお、この歌は知ってるぞ。数年前の桜宮発の大ヒット曲『ボンクラボヤの子守唄（こもりうた）』ではないか。CDを持っていたんだが、どこかにいってしまった。この人の歌だったのか」

『これまで見たり聞いたりしたことがない特別なもの』は見えましたか？」

「ああ、もちのろんだ。深海でゆらゆら揺れるボンクラボヤが黄金に輝いている。こんな特殊な事例が一挙に2例も見つかるなんて、盆と正月が一緒にきたみたいだ」

「この人たちは赤木先生の研究に役立ちそうですか？」

「役立つどころか、世紀の大発見だ。今すぐ〈いのち〉にヘッドギアをつけ直し、2人に演奏してもらい、脳波の比較検討実験をしよう。ソネイチャンは俺の救世主だよ」

フィッシュ・オン。でもここで油断したらすべては台無し、ものごとは詰めが大切だ。百獣の王ライオンは、獲物を完全に仕留めるまで気を抜かない。久々に「ヤバダー」の実例を適切に思い出したのに、こういう時に限ってライバルが側にいないのは残念すぎる。

でもぼくは気を取り直し、猛獣モアイを仕留めに掛かった。

「赤木先生はいい人すぎるんです。そんなことしたら先生はお役御免、お払い箱になってしまいます」

「結果を出さないとストッパー佐々木をリーダーにすると小原室長に脅されているんだ」

「それは小原さんの常套手段です。藤田教授はそれで降格されたでしょう。一瞬、逆転したけど、結局はプロジェクト・チームの使いっぱです。次が赤木先生の番ですよ」

赤木先生の表情が揺らいだので、ぼくはすかさず畳み掛ける。

「藤田教授は、リーダーを降格されても財団からお給料はもらっているんでしょ？　それなら坊主丸儲け、本当に一生懸命研究しているかは、怪しいものです」

「ううむ、確かに。成果を出さないと降格されるんだが、そこまで落ちてしまえば、それはそれで居心地はよさそうだからな。それなら俺はどうすればいいんだ？」

『ダメポ』の連中は、赤木先生のデータだけ召しあげようとしているんです。『ポセイドン』号をご覧になりましたか？　連中は〈いのち〉を艦内に連れ込んだらそのまま出港してアメリカに連れていくつもりです」

「そんなバカな」と赤木先生は呆然と呟く。

「状況証拠はゴロゴロありまくりです。この状況で小原さんが戦艦に招待されて、この時間になってもまだ戻らないこともその証拠です。表敬訪問にしては長すぎると思いませんか？　実は東堂教授は小原さんを昼過ぎ

「もう1時か。確かに遅すぎるな」と赤木さんは不安げだ。

まで引き留める予定なのを、高階学長と東堂教授の話を立ち聞きして知っていた。

「佐々木さんは、こうしたからくりに気づいたんです。以前、東堂教授が『こころプロジェクト』の指揮権を強奪しようとしたのを佐々木さんが食い止めた後、『組織』上層部に叱られたそうです。東堂教授は『組織』から、『ポセイドン』艦内での指揮を任され、検査後に〈いのち〉を乗せて帰国せよ、という指令を受けていたのに佐々木さんが邪魔したからです。佐々木さんは、赤木先生にそれをお知らせしたいと思ったんですが、直接言えずぼくに伝言したんです」

「そんなバカなことが……。それなら俺はどうすればいいんだ」

ぼくは小声で、赤木先生の耳元でささやくように言った。

「先生が採取した脳波を分析した後で、〈いのち〉にヘッドギアを再装着しようとしたら急に暴れ出して、ヘッドギアを壊してしまった、ということにすればいいんです」

「だが〈いのち〉はヘッドギアを壊したりしていないんだが」

「赤木先生って本当にクソ真面目なんですね。そんなんじゃあ出世できませんよ。〈いのち〉がヘッドギアを壊したかどうかなんて、目撃者はいないんだからわかりっこありません。もしも今、赤木先生がヘッドギアを壊したとしてもその真相はおそらく、永遠に闇の中です」

「だがそんなことをしたら、研究の継続が……」

「器械の修復には数日はかかるでしょうけど、壊れたヘッドギアは、いつかは直すことができます。『ポセイドン』内で大容量ＣＴ・ＭＲＩ複合機『フローティング・ガブリエル』で撮影しても、〈いのち〉の脳波データがなければ連中も貴重な比較データを残したまま〈いのち〉だけを連れ去るようなことはしないでしょう」

「だが俺のデータは召しあげられてしまうかもしれん」

「そこは赤木先生が小原さんを言いくるめればいいんですよ。何でしたら忍とSAYOさんの存在とデータの意義は打ち明けてもいいと思います。そうすれば小原さんも、赤木さんが言い逃れをしようとしていると思わないでしょうし、同じように騙されている小原さんに真相を教えてあげれば、小原さんも感謝して、赤木先生に加勢してくれるかもしれません」

腕組みをしていた赤木先生は立ち上がると、被っていたヘッドギアをかなぐり捨てる。

そして、金属バットを手にして、振り上げた。1撃、2撃、3撃、4撃。

みるみるヘッドギアが変形していく。コードが断裂し、簡単には修理できそうにない状態になって、はあはあと息を荒らげた赤木先生は、ようやく金属バットを手放した。

「確かにこれまでの仕打ちは、ソネイチャンの言う通り酷すぎる。だがもう大丈夫、だよな?」

「もちろんです。もうじき美智子が来ます。彼女のおかげでかろうじて〈いのち〉をなだめることができた、ということにすればいいんです」

「ソネイチャンは意外に腹黒いヤツだったんだな。さすが世界的なゲーム理論の第一人者の息子だけのことはある」と赤木先生が呟いた。

いえ、このシナリオを考えたのは友だちで、ぼくではないんですけど……。

バットを手に暴れヘッドギアを壊したという冤罪を押しつけられた〈いのち〉は、騒動の最中にうっすら眼を開けてぼくたちを眺めたが、すぐに目を閉じ、すうすうと眠ってしまった。

これで完全犯罪は成立だ。興奮して、あちこちを足で蹴りまくる赤木先生に、必要ならいつでも忍とSAYOさんに連絡を取ります、と言い残し、「こころハウス」を辞去した。

「未来医学探究センター」に戻ると牧村さんに報告し、ハイタッチした。

そしてタクさんとは、ヘディングでコンタクトした。

「〈マザー〉と〈いのち〉の接続は完全に破壊しました。あっちの電極破壊がこちらに影響したというストーリーで説明がつくようにしてあります」とタクさんが言う。

「パーフェクト」と、牧村さんが拍手した。

これにて〈マザー〉接続遮断作戦は完了したのだった。

∵

昼過ぎ、美智子が三田村と一緒にバスでやってきた。ここまでの経緯を説明すると美智子は

「あとは任せて」と言い残し、「こころハウス」へ向かった。

しばらくして平介小父さんが佐々木さんと戻ってきた。豪介爺ちゃんとヘラ沼を製作所に落として、来たのだという。

『ポセイドン』の内部を見学したら親父はやる気満々だよ」と平介小父さんが報告する。

「それを聞いて安心しました。アッシもいるし俺たちはお役御免かな。小夜さん、帰ろうか」

牧村さんがうなずいて言うと、SAYOさんは微笑む。

「何かあったら連絡して。車を飛ばして瞬間移動で駆けつけるから」

ぼくは、ははは、と力なく笑う。この女性なら本当にやりかねない。

「忍さん、タクさん、よかったら送ってあげましょうか」

タクさんは一瞬固まったが、すぐに「お願いします」と決然と答えた。

東京グループが去り、佐々木さんは塔に残りタクさんの処理の続きをすることになった。

ぼくは「こころハウス」での出来事の顛末を報告した。

「お前たちも徹夜だったんだから、もう帰れ。実際、かなり疲れていたのは確かだ。休める時にしっかり休んでおくことだ」

ぼくたちは、佐々木さんの指示に従った。実際、かなり疲れていたのは確かだ。

ぼくと三田村は、平介小父さんと一緒に平沼製作所に寄ってから帰ることにした。

製作所の工房ではバーナーを片手に、溶接面を被った豪介爺ちゃんが、平介小父さんの帰りを待ち構えていた。

「遅い、遅すぎるぞ、平介。時間がないんぢゃ。とっとと手伝え」

豪介爺ちゃんの背後には社員らしき人たちが数名、うろうろしている。誰もが豪介爺ちゃんの指図で動いていた。平介小父さんは力なく笑う。

「雄介は母屋にいるからお菓子を食べていってね」と言われたぼくと三田村が母屋に行くと、ヘラ沼は寝っ転がってテレビゲームをしていた。

「爺ちゃん＆父ちゃんが汗水流して働いているのに、孫＆息子のお前はゲーム三昧とは、いいご身分だな」

ぼくは皮肉を言ったが、ゲームのその画面には見覚えがあった。

「あ、それって、ボンクラボヤ捕獲ゲームじゃないか。なんだか懐かしいな。そういえば昔、ぼくもよくやらせてもらったっけ」

ヘラ沼はにっと笑う。

「よく覚えていたな、カオルちゃん。でも今回クリアしろと言われたのは、昔2人でバトった深海ダンジョンではなくて、浅瀬探索ミッションなんだ。こんな初歩レベルを、なんで今さら達人級のこの俺さまが……」

そう言いながら素早くコントローラを動かすヘラ沼の隣で、ぼくはしばらくそのプレイを眺めていた。その鮮やかな手さばきを見ながら、そういえば確かにぼくは、このゲームではヘラ沼に一度も勝てなくて、悔しい思いをしたという、苦い思い出が蘇る。

テーブルの上の煎餅を何枚かかじった後、ぼくと三田村は家に帰ることにした。

裏手の秘密基地に顔出ししてみようか、と思ったけど、〈いのち〉がいない、もぬけの殻の洞穴に、足を運ぶ気は失せた。

三田村も同じ気持ちだったようで、異論は出なかった。

ぼくと三田村が乗ったのは4本に1本しか来ない「桜宮岬行き」のバスだった。

「桜宮中学前」を通り越して、ぼくの家の前の「メゾン・ド・マドンナ前」の停留所でぼくは降りた。三田村がバスの窓からぼくに手を振った。

ぼくは拳を握り、腕を胸の前でクロスした。

「ハイパーマン・バッカス」の「M88星雲の勇気のしるし」のポーズだ。

三田村はきょとんとした顔で、そんなぼくを眺めていた。

やっぱりヤツは「ハイパーマン・バッカス」を観ていなかったか。

その三田村が乗ったバスを、見えなくなるまで見送った。「三田村医院前」は、ここから3つ目の停留所で、その次は「桜宮駅」だ。そしてその後20分ほど走れば、桜宮岬の突端にある

186

「未来医学探究センター」に到着する。その前は東京から、文字通り駆け戻ったのだから、まさに大車輪の活躍だ。

思えば丸一日、ぼくたちはその間を振り子のように往復したわけだ。

ぼくは気を取り直し、エレベーターに乗り込んだ。

今、ぼくがすべきことは休むことだった。

まだ夕方だったけど、家に帰ったらベッドに潜り込み、すぐに寝入ってしまった。

考えてみたら、昨日はほぼ徹夜だったのだから当然だ。

こうして再び始まったぼくたちの大冒険は、いよいよ大詰めを迎えることになる。

けれどもその時のぼくは、目の前に訪れようとしている波瀾万丈の未来のことなんか爪の先ほども考えずに、ただひたすら深く眠っていたのだった。

11章
裏切り者の裏切り者は裏切り者ではない。

7月15日（土）

梅雨が明けたようだ。また青いバスがきた。ぼくは立ち上がり、バスに乗り込んだ。

空は青く、陽射しは強い。白い入道雲が湧き上がっている。ここ数日どたばたしていた間に、

次のバスは15分後だ。家の前のバス停のベンチに座って、あたりの景色を眺める。

今さら急いでも間に合わないので、目の前を通り過ぎた青いバスをやり過ごす。

が嫌いだったので干物は苦手だったけど、食わず嫌いをしなければよかったと思った。

ご飯を食べる。アジの干物を噛みしめると身体の隅々まで味が染みわたる。博物館の魚の剝製（はくせい）

珍しく山咲さんは頰を膨らませて抗議した。仕方なく謝って、山咲さんが用意してくれた朝

「あたしは5回も起こしたのに、カオルちゃんはぴくりともしなかったのよ」

「今日はテストの答案を返す日だから、土曜だけど午前中は学校があるんだよ」

「土曜日だからお休みかと思ったんだもの」

「なんで起こしてくれなかったんだよ、今日は学校なのに」

おかげで完全に遅刻だ。ぼくは山咲さんに八つ当たりする。

目を覚ましたら朝8時だった。なんと14時間も寝ていたわけだ。赤ん坊かよ。

教室に飛び込むと、眠そうな顔の三田村が片手を挙げた。美智子とヘラ沼は欠席だ。

緊急の職員会議があって1時間目は自習になったらしい。おかげで遅刻にならずに済んだのはラッキーだ。1時間目が終わる寸前、担任の田中先生が戻ってきた。

「期末テストの答案を返します。進藤さんはお休みだから、三田村君、手伝ってください」

答案返却は助手なしでやれるんじゃないか、とみんなは常々思っていた。でも初の大役に、三田村は緊張した顔をしている。仕事を終えると、ほっとした顔をして席に戻る。

「お待ちかねの夏休みの前にサプライズ・プレゼントがあります。今、桜宮湾に停泊している米国の戦艦がみなさんを招待してくれました。集合は明後日朝8時半。絶対遅刻しないでね」

俺は船を海岸で見た、とか、サクラテレビのニュースでやってた、という声がする。教室のまとめ役の美智子が不在なので私語が続いた。田中先生はチャイムが鳴るとそそくさと姿を消した。これが東堂先生絡みなら相当怪しい。はてさて、どうしたものか。

〈いのち〉作戦が2つに分裂して以来、第1隊の「奪還計画」の状況は全くわからなくなっている。司令塔の牧村さんは東京に戻ってしまったし、佐々木さんは挙動不審な東堂先生に疑心暗鬼だし、美智子もヘラ沼も不在だし、ぼくと三田村の不安はマックスだ。

答案の返却だけなので、午前中で学校は終わった。

「三田村の結果はどうだった？」と聞くと、三田村は力なく笑う。

「予想通りです。このままでは推薦で桜宮学園に入学するのは難しいです。それより、この後はどうしましょうか」

「え？　三田村は塾に行かないのか？」

「バカ言わないでください。高校受験にとって重要なこのテストで、どうしてこんな情けない点数を取ったと思っているのですか。〈いのち〉君の奪還に全力を傾注したからです。今さら塾なんて行ってられません。リーダーとして指示をお願いします」

「お、おう、わかった」とぼくは、三田村の勢いに気圧されて口ごもりながら言う。

「東城大の学長室に行って、お茶菓子をいただいて……なんてのはヤメて、ヘラ沼のところでゲームをしながらお菓子を食べて……というのもダメだから、未来医学探究センターに行って佐々木さんにお菓子をもらって……」

三田村の顔色を窺いながら行き先を模索していると、三田村は深々とため息をつく。

「曾根崎君が猛烈にお菓子を食べたい気持ちだということは、よくわかりました。それなら3番目の未来医学探究センターのお茶菓子にしましょう。でもその後は行くべき場所はわかっていますよね、リーダー。『こころハウス』に行って敵情視察しなくてはなりませんからね」

え、とぼくは絶句する。言われてみれば今行くべき場所は、確かに他にはない。

三田村は〈いのち〉と出会い、大勢の人と知り合い成長した。もともと地頭がいいから、行動力が伴えば無敵じゃん。いっそチーム三田村に名称変更するか、なんてちらりと考えたけど、今そんなことを言ったら三田村が激怒しそうな気がしたので言わないでおいた。

中学正門前の停留所に着くと、すぐバスが来た。美智子と一緒だとプチ・トラブルに遭うことが多いのに、三田村が一緒だとびっくりするくらいスムースで、教室を出て30分後には桜宮岬に着いた。青バスの戻りは「桜宮駅行き」と「桜宮岬行き」の2種類で岬行きは4本に1本、

192

つまり1時間に1本なのにバッチリ当たった。おまけにぼくたちが乗ったバスが予定時間より大幅に遅れていて、遅れを取り戻すためめいつもよりスピードを出していたというのが、その種明かしなんだけど。

終点の「桜宮岬」の1つ手前、「センター前」のバス停から「未来医学探究センター」の塔までぽくぽく歩く。

「誰もいないようですね。では『こころハウス』に行きましょう」

「あ、三田村、さては佐々木さんはここにいないとわかっていただろ」

「曾根崎君はそんなことも見抜けなかったんですか？ 〈マザー〉と〈いのち〉君の接続が遮断された今、佐々木さんが日中にこの塔にいる意味はないでしょう？」

う、そんな理路整然と解説されると、その当たり前のことに気づかなかった自分が大マヌケに見えてしまう……って実際その通りか。

「こころハウス」に行きたくないのは、赤木先生をそそのかしてヘッドギアを破壊させた張本人がぼくで、それが昨日の今日という、犯行現場から湯気がほかほか立っているようなタイミングだからだ。万一、赤木先生が小原さんに叱られテンパって修羅場になっているところに、真犯人のぼくが顔出ししたらどんな流れ弾を浴びてしまうか、と考えるとぞっとする。

ぼくをそんな死地に平然と送り出すなんて、三田村は『三国志』で最も冷酷な軍師、賈詡みたいだ。その三田村軍師は、すたすたと「ハウス」の前に行きインタホンを押した。

「進藤さんの期末試験の答案用紙を持って来ました。本人に渡したいので入れてください」

げ、そう来たか、三田村。しばらく応答がなかったが、やがてドアが開いた。

部屋の中はシベリアのように冷ややかだ。といってもシベリアに行ったことはないけど。

部屋の中央に真っ赤なスーツ姿の小原さんが腕組みしている。〈いのち〉は床に尻をついて座っている。くまのプーさんみたいだ。ハチミツを舐めていないのが不自然なくらいだ。

その側に美智子が寄り添い、とん、とん、と背中を叩いている。反対側には佐々木さんが腕組みをして壁に寄りかかっている。小原さんの正面に赤木さんがいた。肩を落とした姿はまるで立たされ坊主だ。足元には変形したヘッドギアが転がっている。小原さんが言う。

「とんだところを見られたけど、仕方あらへん。期末テストの答案用紙の受け取りは中学生の義務やから、文科省の一員としてその申し出を拒否するわけにいかへんし」

三田村は鞄から答案用紙入りの封筒を取り出し、美智子に手渡しながら言った。

「完敗です。2ヵ月休学していた進藤さんに4科目で負け、勝てたのは数学だけでした」

「偶然ヤマが当たったの。ラッキーだっただけよ」と美智子は力ない声で言った。

「用事が済んだらさっさと出ていってちょうだい」と小原さんが言う。

ではさっさと退場します、と思ったぼくの気持ちを逆撫でするように三田村が言った。

「一体、何があったんですか？　雰囲気が変ですけど」

「なんでもないわ。部外者には関係ないわ」

「そんなことありません。私たちも一応、〈いのち〉じゃなくて『こころ』だってば。まあええ。私に楯突いた度胸に免じて、事情を教えたげるわ。ウチのプロジェクトの大切な実験器具が壊されてしまって、実験続行が不可能になったんよ」

「へえ、これが壊れたヘッドギアですか。確かに酷い。人間を超えた力で破壊したみたいです」

ぼくが棒読みで言うと、小原さんはじろりと赤木さんを睨む。

「よくわかったわね。壊したのはあんたたちのお気に入り『こころ』ちゃんだそうよ」

うつむいてぶるぶる震えていた赤木さんは、上目遣いにちらりと、ぼくを見た。

まずい。赤木さんがこんな小心者だったとは……。やむなくぼくは口を開いた。

「確かにこのヘッドギアの破壊度は凄まじいです。とても人間の仕業とは思えません。仮に人間の力だとしたら、よっぽどこの器械に憎しみを持っていたとしか考えられません」

「スチャラカ中学生のご託を聞いているほどヒマやないの。そもそもあんたは赤木先生に、研究材料を提供したそうやけど、なんで急にそんな協力をする気になったのに。こうなったらウソの上にウソの上塗りをするしかない。やむなくぼくは覚悟を決めた。

あちゃあ、やっぱりそう来るよな。だから来たくなかったのに。こうなったらウソの上にウソの上塗りをするしかない。やむなくぼくは覚悟を決めた。

「赤木先生は、昨年のデータ捏造（ねつぞう）論文事件の時、再起不能寸前のぼくに手を差し伸べてくれたんです。ぼくにとって天上界から降りてきた一筋の蜘蛛（くも）の糸、お釈迦様の掌（てのひら）で踊る孫悟空の觔斗雲（きんとうん）、それが赤木先生です。おかげでぼくは堂々と意見を言えるくらいまで回復したんです。妹なら赤木先生を窮地から救えるかもしれない、と思ったら矢も楯もたまらずここに来ていました。その後の検査が画期的なものだったことは、赤木先生からお聞きになっていると思います」

「確かにすごい結果やったわ。でも問題は、なんですぐにそれを『こころ』で実験しなかったのか、ゆうことや」

「SAYOさんの歌は、あるタイプの人が抑圧していた感情を解放する結果、破壊衝動を引き起こすことがあるんだそうです。赤木先生がヘッドギアを破壊しようとしたら〈いのち〉がいきなり暴れ出したのは、たぶんそのせいだと思います」

「つまりあんたは『こころ』が暴れてヘッドギアを破壊した現場を目撃したんやね。それなんで最初にそのことを言わへんかったのよ」

「ええと、それはですね」と痛いところを突かれて思わず言い淀む。口から出任せだとやっぱり矛盾だらけだよな、なんて後悔先に立たず状態でおどおどしていたら、それまで黙っていた佐々木さんがいきなり口を出してきた。

「コイツは、都合が悪くなると見て見ぬ振りをする卑怯者（ひきょうもの）なんです」

オウ、見事なまでのバッサリ断罪。いくらなんでもそれは言い過ぎですぜ、セニョール。小原さんは疑わしそうな目つきでぼくを見たけれど、ぼくの話に耳を傾けてみようかという気持ちになりつつあるのがわかった。ここが勝負所だ。

ここでひとつ間違えると、気の弱い赤木先生が何を言い出すかわからない。

ぼくは壁にもたれた佐々木さんを見た。

「佐々木さん、ここまできたら、全部バラしちゃっていいですか？」

「お、おう。好きにしろ」

そう言ったものの、佐々木さんも、ぼくが何を言い出すかわからず不安げだ。

「実はぼくは、東堂教授と『ダメポ』の陰謀を知ってしまったんです。それで佐々木さんに相談したらこんなことになったんです」

「東堂の陰謀やて？　あのホラ吹きの『DAMEPO』エージェントの話を蒸し返すんか？」

「もっと酷い話です。ぼくや美智子にも許しがたいことです」

「あんたたちが、敵対する私たちに加担したくなるような陰謀って、どんなものや」

「東堂教授は、〈いのち〉を検査した後、アメリカに連れ去ろうとしているんです」

「そんなアホな……」と言って、小原さんは絶句する。ぼくは畳みかける。

「小原さんは昨日、『ポセイドン』の見学に行ったんでしょう？　あの軍艦なら、〈いのち〉をアメリカに連れ去ることは簡単だと思いませんか？」

「確かに、あの船なら『こころ』を乗せて太平洋を楽々横断できそうやけど……」

「その陰謀を盗み聞きして相談したら、佐々木さんが一石二鳥の妙案を考えてくれたんです。それが赤木さんのデータだけを取り、〈いのち〉のデータ採取は保留するということでした」

「ちょっと待ってや。すると、器械を破壊したのは『こころ』でなくて、あんたたちの誰か、ということになるんやない？」

なかなか鋭いご指摘だ。ヤバヤバ、ぼくはまたまた咄嗟にでまかせを口にする。

「さすがに高価な器械を破壊するなんて、ぼくにはできません。でもSAYOさんの歌を聞いた〈いのち〉が突然暴れ出し、赤木さんがつけていたヘッドギアを摑んで叩きつけて壊したことは証明の必要はないでしょう。だって人間の力ではとうてい無理な、ゴリラか何かがやったとしか思えない、ハンパじゃない壊れ方をしているんですから」

赤木先生はゴリラに喩えられたのがお気に召さなかったか、微妙な表情になる。まずい。この人の潔癖さが働いて「俺はゴリラじゃねえ」なんて言い出したら一巻の終わりだ。

でも幸い、暴発は未然に防がれた。

「犯人が『こころ』かどうかは別として、『DAMEPO』が私まで出し抜き『こころ』を米国に連れ去ろうとしているなら、『こころ』の検査が長期間無理になった現状はむしろ歓迎すべき状態なわけか。なるほどねえ」

腕組みをしてしばらく考え込んでいた小原さんは、やがて顔を上げた。

「赤木先生を信じることにするわ。『こころ』が暴れることを未然に予見できず結果、高価な装置の破壊に至らしめたのは遺憾やけど、未知の新種生物の研究の過程のこと、やむをえないと容認し免責します。明日までに『DAMEPO』本部宛てに英文の始末書を書きなさい」

「はは、仰せのままに」と赤木先生は床にひれ伏した。

「正直に話してくれてよかったで。こうなったら東堂教授は私たちの共通の敵、あの新種の巨大生物をアメリカに渡さないよう、必要に応じて共闘しましょ」

ぼくは小原さんの熱烈な握手に困惑する。つまり裏切り者の裏切り者は味方、というわけだ。

その時、そんなぼくたちの様子を眺めていた〈いのち〉が口を開いた。

「いのち、帽子、イヤ」

初めて耳にしたいのちの言葉だった。以前美智子がマンマ、と言ったのを聞いたと言っていたけど、それと違って完全な文章になっている。

居合わせたみんなが見上げると、〈いのち〉は微笑した。明らかに〈いのち〉は、ぼくたちの会話を理解しているように思えた。そして自分がイヤだからヘッドギアを壊した、と告白しているように聞こえた。これが決定打だった。小原さんはぼくの創作話を完全に信じた。

そうした状況に、嘘をついた張本人のぼく自身が、他の誰よりもびっくりしていた。

「先ほどは曾根崎君の口からでまかせの大ボラに、感心しました。口から先に生まれたってこういうことか、と大変勉強になりました」と「こころハウス」を退出した三田村が言う。

「それって褒め言葉になっていないけど。でもまあ窮地を脱したことは確かだな。これで何とか火曜まで持ちこたえられそうだ」

「でもおかげで、東城大には行きにくくなってしまいました」

「問題ないさ。佐々木さんは東堂先生と連絡取り放題だし、ぼくと三田村はこれからやることもないし、〈いのち〉奪還作戦の時も特に出番はなさそうだし」

「平沼家三代だけで大丈夫でしょうか」

「あの一家は頼りになるから心配はしてない」

ぼくは自分に言い聞かせるように、そう言った。

「〈いのち〉が言葉を喋ったのには、本当に驚きました」

三田村は〈いのち〉の観察日記をつけていたから、その成長ぶりには感動したのだろう。

でも物語は間もなく結末を迎えるはずなのに、気がつくとぼくたちは「小原プロジェクト」に招かれているという、なんだかとてもややこしい立場に嵌まっていた。

はたから見れば立派な二重スパイだ。

こうなると来週の月曜、桜宮中の3年生が招待された「ポセイドン」の船内見学が、単純な見学会で終わるはずがなかった。

7月17日、月曜日、快晴。朝8時半に校庭に集合した桜宮中3年生一同は観光バス5台を連ねて「ポセイドン」の見学会に向かう。美智子とヘラ沼も登校し、久しぶりに勢揃いしたチーム曾根崎は、後部座席に陣取ってひそひそ話をした。

「ねえ、カオル、高階学長や田口教授から今日のことについて何か聞いてる？」

「いや、東城大からは何の連絡もない」とぼくが言うと、ヘラ沼が応じた。

「俺は船内の様子を頭に叩き込んでこい、と特命を爺ちゃんに受けてる。その爺ちゃんは作業場に籠もりっぱなしで、父ちゃんとは議論ばっか。こんなんで大丈夫なのだろうか。

ヘラ沼がその調子では、ぼくたちに出番はなさそうだ。

桜宮桟橋に到着して「ポセイドン」に乗船した。1クラスずつ甲板に登り、5分間で降り次と交替する。甲板には新聞記者がいてぼくたちの写真を撮った。船体の前方に連れて行かれ軍服の人が英語で説明したことを、英語担当の鈴木副校長先生が通訳したけど、美智子の通訳の方がわかりやすかった。目の前で船腹の扉がゆっくり倒れ、がらんどうの空間が見えた。

「あそこに格納した戦車や輸送車を上陸させるらしいわ」と美智子が解説してくれた。

扉が閉まると見学会は終了した。観光バスに乗り込みかけたぼくたちに田中先生が言う。

「修学旅行のG班の人たちはこの場に残ってほしいそうよ」

来たか、と思った。観光バスが走り去ると、チーム曾根崎の4人は桟橋に残った。

しばらくするとタクシーが来て、高階学長、田口教授、白鳥さんが降り立った。

別のタクシーがやってきて、やはり目の前で停まる。姿を現したのはレッドカード・レディ

小原さん、赤木先生、そして佐々木さんだ。そこに「ポセイドン」から東堂教授が降りて来た。

「明日の検査の打ち合わせのため、関係諸氏をブリッジにご招待します。どうぞこちらへ」

堂々とした足取りで乗船した東堂教授のあとに、ぼくたちがぞろぞろ続いた。

「艦橋からの景色は艦長だけが見られる特権的風景デス。ご存分にご堪能してくだサイ」

誇らしげに言う東堂教授に小原さんが噛みついた。

「巨大新種生物をあずかる組織の責任者として、準備すべきことがたくさんあります。話し合

いは必要最小限にしたいのですが」

「オウ、ファイヤー・レディはなかなかしぶといデスね。最後の最後までミーのスケジュール

に抵抗するとは恐れ入谷の鬼子母神デス」

今の発言程度でそこまで言うなんて、大袈裟な、と思ったけれど、東堂教授は続けた。

「ではご要望にお応えし、明日のスケジュールを手短に説明しマス。といってもこちらの計画

にしたがって動いていただくだけデスが」

「ちょっと待ってえや。『こころ』の搬入、搬出はこっちに従ってもらわへんと困るで」

小原さんはすっかり地金モードだ。

「戦艦には米国の軍属以外の乗船は許されまセン。明日は医学的検査が主で例外的にファイヤ

ー・レディ＆バードの乗船と推薦者は認めますが、自衛隊の協力は米軍が容認しまセン」

「だからといってあの新種巨大生物をアメリカに連れて行きはるんは、許さへんで」

「FA？　ファイヤー・レディは一体何をおっしゃっているんでせうか」

「トボけたらあかん。あの新種生物は宝の山や。うまくすれば生物兵器開発にも使えるやろ」

「いかにも『DAMEPO』が考えそうな話デスが、あの生物の鈍重さ、身体が大きいわりに知能遅れ、何より生殖機能が欠如し同種の拡大再生産が不能では軍事訓練はムダになりマス。ミーがアドバイスを求められたら、止めろと忠告しマス。としても、国策としてやる必要はありまセン。今の協力体制で御の字です」

小原さんは東堂先生の怒濤のまくし立てに丸め込まれてしまった。本当にチョロい人だ。

「新種生物連れ去り疑惑が晴れた今、搬入、搬出はこちらに任せていただきマス」

一分の隙もないロジックなのに、その隙のなさが却って胡散臭さを増幅するなんて不思議な人だ。その意味ではこの場でおとなしく話を聞いている白鳥さんもいい勝負だ、と思う。

　1時間後、事前説明会（なのか？）は解散した。

〈いのち〉を中央の画像診断室まで移送する経路、検査室に着席させるための工夫、万が一暴れた場合の対応策。全て文句のつけようがない対応だった。手ぐすね引いていた小原さんは、一太刀も浴びせられなかった。下船後、小原さんは中学生カルテットに声を掛けてきた。

「君たちはあの新種生物の発見者だから、検査前にもう一度会いたくない？」

美智子はエサに食いつき、三田村はそんな美智子に付き合いたくてうなずく。でもヘラ沼は「そんな気はないので失礼します」と言って立ち去った。ぼくはどっちでもよかったけど、ここできっぱり立ち去る勇気も動機も侠気もないので、美智子と三田村の後についていった。

202

「あなたたちが新種生物の搬入に付き添えるよう、私から頼んであげてもいいけど」

「でも、さっきの打ち合わせでは一切手を触れられない感じでしたよね」

「あのクソ親父、あそこまでシャットアウトしたのは、やりすぎよ。だから私は昨日、赤木先生の始末書を『DAMEPO』本部に送ったついでに告げ口したの。東堂教授が、自分のインスティテュートに巨大新種生物を連れ帰ろうと企んでいるから阻止したいってね」

そのでっちあげ話の原作者たるぼくは、どぎまぎして言う。

「それは『DAMEPO』上層部の直接の依頼だから、そんなこととしたら大変なことに……」

「なると思うわよね、普通なら。でもそうならないのが引っ掛け七対ドラ単騎待ちの女王である私の真骨頂よ。待ちを言い当てられた人は動揺して、そんなことないと否定に走る。今回はあなたの情報は本当だったようで、『DAMEPO』は私の策を受け入れた。文科省という、日本を代表する組織の一員が正面切って抗議したら、さすがに対応せざるを得ないのよ」

「さすが腐った文科省、いや違う、腐っても文科省のエースだけある。小原さんは続けた。

「というわけで東堂教授の野望の半分は打ち砕いたけど、ダメ元で搬入の随行員を要請したらあっさり許可されたの。条件は乗船者の総重量で、私1人では非力だし、総重量ならあんたたち3人を全員乗せてあげられる、と思うのよ。どうかしら、この提案は」

「喜んでお受けします」と即答したのは美智子だ。もちろんお供の2人の意向は考慮外だ。

「進藤さんなら、きっとそう答えてくれると思ったわ。それなら乗船登録のため、3人の体重を量らせてほしいの。万一直前にチェックされ申請に虚偽があったら、不許可になる可能性があるから、きちんと量っておいた方がいいわね」

「全員の総重量なら、3人まとめて量ればいいのでは……」

「もちろんそれでもいいけど、わざわざそんなことをするかなあ」と小原さんはぶつぶつ言いながら〈いのち〉の体重計測用の体重計を持ち出してきて総重量が120キロ以下であることを確認した。そういえば美智子は以前も、ぼくたち3人が乗って総重量を量ろうとした時、抵抗したっけ。デブでもないのに、なぜ体重を隠したがるのか、謎だ。

とにかくこうしてチーム曾根崎は再び、「小原プロジェクト」に呑み込まれてしまった。

搬入開始は明朝9時なので、8時半に「こころハウス」集合することになった。

考えたら、奪還計画の基本ラインは検査時の搬入、搬出時に〈いのち〉を奪取するというものだから、結局は始めの計画に戻ったわけだ。このまま双六みたいにスタートに戻って1回休み、なんてことになるのではないか、とイヤな予感がした。

その晩は珍しく寝付けず、何度も寝返りを打っているうちに窓の外が白々と明けてきた。

7月18日、火曜日。運命のその日は、朝から雲一つない快晴だった。

ぼくはいつもと同じような朝に、いつもと逆方向の青いバスに乗った。たいてい「桜宮駅行き」なのに、4本に1本しかない「桜宮岬行き」が来た。今日はツイている。

次の停留所で美智子が乗ってきて隣に座る。いつもと雰囲気が違うと思ったらショートボブにしていた。

「髪、切ったんだ」と言うと、美智子はうなずく。

「少しでも軽い方がいいかな、と思って」

204

髪の毛を切っても大して体重は変わらないよ、と言いかけたけど、口にはしなかった。

東城大に行く時は、この先の「桜宮十字路」の停留所で赤バスに乗り換えて左折するけど、今日はそのまま右折する。この先の「三田村医院前」は「桜宮駅」のひとつ手前の停留所だ。

そこで三田村が乗り込んできて、ぼくたちのひとつ前の座席に座った。そして振り返ると、「いよいよ、ですね」と言い、「進藤さんは短い髪が似合います」とさりげなくつけ加える。

意表を突いた言葉に、美智子は真っ赤になってうつむいた。

バスはその先の停留所「桜宮駅」で停車すると大勢の人が降り、ぼくたち3人だけが残った。短い停車の後、バスは再び発進し、20分後、「センター前」のバス停に到着した。ぼくたちが降りて、空っぽになった青いバスは走り去る。時刻は8時20分。約束の10分前だ。

ぼくたちは揃ってプレハブの「こころハウス」に入る。すると新しいシーツのポンチョを着た〈いのち〉が誇らしげな表情でぼくたちを見た。七五三のお参りにいく子どもみたいだ。

美智子が歩み寄ると、〈いのち〉は腰をかがめて右手の小指を差し出した。

美智子はその小指を両手でしっかりと握りしめる。

「大丈夫よ、〈いのち〉ちゃん。ママが一緒だから。約束ね」

〈いのち〉はにっこり笑い、「マンマ」と言った。

その様子を眺めていた真っ赤なスーツ姿の小原さんが、ぱんぱん、と手を打った。

「みんな、準備はいいわね。トンデモ親父が来たら、みんなで迎撃するわよ」

お調子者のぼくはつい、片手を挙げて「オウ・ヤー」と応じてしまった。

12 章
行き止まりかどうかは、
突き当たりまで行かなきゃわからない。

7月18日（火）

8時50分。辺りが騒がしくなる。〈いのち〉と美智子を後に残し、ぼくと三田村は外に出た。

大型トレーラーと、先導する黒塗りのキャデラックが、目の前で止まる。

トレーラーの荷台に球形の物体が載っている。直径5メートル。キャタピラがついていたの

で〈いのち〉の搬送車だと見当がつく。球体の車体は、荷台に敷かれた赤い絨毯の上に載った

宝物に見える。先導車からテンガロンハットに革のチョッキ姿の東堂教授が降り立つ。

「オウ、10分前なのにファイヤー・レディはすでにスタンバっておられるとは、さすが、時間

にアキュレット（正確）なジャパニーズ・ビューロクラット（官僚）、デスね」

両手を広げ抱擁しようとした東堂教授をかわし、小原さんは紙片を差し出す。

「これは『DAMEPO』本部からの命令書や。やられっぱなしやったけど1本返しとくで」

紙片を見た東堂教授は、眉間に深い皺を寄せ「オウ」とうめき声を上げる。

「わかりました。仕方ありません。オーダーには従いマス。随行予定者は誰ですか」

「ここに2名、それと巨大新種生物に付き添う者が1名。計3名で総重量120キロ以内とい

う規定は厳守してるで」

東堂教授はぼくたちの顔を見て、またまた「オウ」と吐息をついた。

208

「オオ、なんて浅はかなボーイズ＆ガール。ミーの作戦通りにしていればいいものを……」

「ふん、あんさんのやり方があまりにもあざといから、この子たちも、とうとう愛想を尽かしたのや。こっから先が見物やで。あんじょう覚悟しいや」

その時、汽笛が鳴って、朝靄の中から、「ポセイドン」が海岸に、その威容を現した。

「あんな巨大戦艦なのに、なんでこんな浅瀬にこられるねん」と小原さんが呆然と呟いた。

「ファイヤー・レディは、ミーの説明を全く聞いていなかったようデスね。『ポセイドン』は揚陸作戦用の輸送船兼砲艦なので、船底は平らで浅瀬にも接岸できるのデス」

目の前で船体の前面の扉が開き、ぱたんと倒れると、たちまち入口の渡し板に早変わりした。

「では巨大新種生物を、こちらの搬入用小型揚陸車に乗せてくだサイ」

「こころハウス」の扉が開くと、美智子に手を引かれた〈いのち〉が姿を現した。

その様子は、入学式を迎える小学1年生の初めての登校日みたいだった。そういえば〈いのち〉が外界の景色を見るのは、〈いのち〉はあたりをきょろきょろ見回した。孵化直後に搬送された時はトラックの荷台で白い布を被せられていたぶんこれが初めてかも。

たし、自衛隊のレンジャー部隊に拉致された時は大型トレーラーの荷台の箱の中だった。

美智子が一緒のせいか、〈いのち〉は落ち着いていて、球形の搬送車に歩み寄る。

「あなたたちも付き添いだから一緒に行って」と小原さんに言われ、後を追う。

〈いのち〉が球形の乗り物に到着すると、上部の蓋がぱかりと開き、ゴーグルをつけた老人が顔を出した。「あ」と声を上げそうになったぼくは両手で口を押さえた。

隣で三田村も同じ仕草をしている。

「会長、契約書で新たに随行員を3名、受け入れる羽目になりました。つきましては会長と社長にはマシンから降りていただきたく存じマス」と東堂教授が言う。

「予定変更ぢゃと？　誰の権限で開発者の儂を差し置き得体の知れぬ随行員を……」と言いかけて、それがぼくたちだと気づいた豪介爺ちゃんは口を閉じる。〈いのち〉奪還計画の本筋に

「飛び込んでしまった＝割り込まれてしまった」と同時に気づいたぼくたちは絶句した。

でもさすが、百戦錬磨の豪介爺ちゃんは決断が早かった。

「客人がお供連れで到着したとさ。平介、儂たち年寄りは降りるぞ」

「え？　大丈夫なんですか？」と言いながら顔を出し、ぼくたちを見た平介小父さんも、一瞬で事情を悟ったようだ。マシンから降りた2人を見て、小原さんは怪訝そうな表情になる。

「搬入、搬出は米軍担当と言うてらしたのに、乗務員は日本人なんやね」

「HAHAHA、米軍はあの巨大新種生物を搬送するマシンを搭載してこなかったので急遽、日本のメーカーに依頼したのデス」

「それならあなたたちが、無理して乗り込む必要はないわね」

上り口の階段に足を掛けていたぼくと三田村は動きを止める。いや、〈いのち〉が乗り物の中に収まり、続いて美智子も乗り込もうとしている時に、急にそんなことを言われても……。

「どうしましょう、曾根崎君」と言う三田村を、豪介爺ちゃんが怒鳴りつける。

「何をぐずぐずしておる。モヤシ眼鏡は、やりたいことをやると決めたんぢゃろ」

割れ鐘のような声に背を押され、三田村とぼくは乗り物に飛び込んだ。

「あ、あんたたち、知り合いだったの。さては東堂とグルね。今すぐそこから降りなさい」

210

豪介爺ちゃんはぼくたちが乗り込むと「雄介、後は任せた」と怒鳴って蓋を閉めた。そこへマシンに駆け寄った炎の女、小原さんが丸窓にべったり顔をつけ、掌でガラスを叩き「待ちなさい」と連呼する。そんな小原さんを豪介爺ちゃんが引き剝がそうとするが、獲物にくらいついたタコみたいに、小原さんはべったりとへばりついて離れない。

内部もドタバタだ。狭い船内は〈いのち〉が入るとスペースがなく、ぼくと美智子と三田村は折り重なって隙間の空間に嵌まり込む。まるでテトリスのピースみたいだ。操縦席に座っていたヘラ沼が「では、出発進行」と号令を掛けた。

「ヘラ沼、お前、運転できるのかよ」

「任せておけ。この日のために、テレビゲームで練習してきたんだからな」

げ、ゲーム感覚かよ、とビビった。小原さんの罵声は、蓋を閉めると全く聞こえなくなった。丸窓にへばりつき、機体を叩き続ける小原さんの肩越しに、荷台に敷いた赤い絨毯がくるりと丸まりキャタピラマシンを包み込んだのが見えた。

「これが『レッド・キャタペット』と『深海五千』の合体マシン『ヒラメ号』だぜ」

外部のキャタピラががらがら動き始める。外側のカーペットが回り、トレーラーの荷台から降り、開口した揚陸艦へ向かう。大蛸のようにへばりついていた小原さんもさすがに窓枠から姿を消した。『ヒラメ号』は「ポセイドン」に乗り込むのかと思いきや、直前に向きを変えた。

じゃばじゃばと水中に入っていくのを見て、ぼくが声を張り上げる。

「おい、ヘラ沼、操縦ミスだ、海に落ちたぞ」

ヘラ沼はハンドルを握りしめ前方を睨んだまま言う。

「いや予定通りだ。『ヒラメ号』は海底を転がるマシンだ。これで〈いのち〉をかっさらう」

「かっさらうって、どこへ行くつもりなんだよ」

「そんなこと知るか。爺ちゃんが自動操縦モードに設定してある。道は『ヒラメ号』に聞け、ということだな」

「おお、なんだかすごくかっこいいセリフだぞ、ヘラ沼艦長」

ぼくの賞賛の言葉に、ヘラ沼は横顔でにっと笑った。

そうこうしているうちに真っ赤な「キャタペット」にくるまれた『ヒラメ号』は海中に没した。

丸窓から外を見ると、大小さまざまな色とりどりの魚が泳いでいる。

左側は崖で、底の見えない深海が広がっている。まるで「ヤバダー」の一場面だ。

「ヘラ沼、気をつけろ。左側は相当深そうな崖だぞ」

「わかってる。ここは桜宮海溝の縁で、ひとつ間違えば五千メートルの深海へ真っ逆さまだ。でも心配するな。自動操縦プログラムになってるからな」

その時、球体の『ヒラメ号』ががたりと揺れて、大きく傾いた。

その衝撃でぼくと三田村の身体が入れ替わる。

「本当に大丈夫なんですか」と三田村がぼくの上で悲鳴を上げる。

丸窓に、ぐわり、と深海底が広がるが、ヘラ沼は鼻歌を歌いながら答える。

「万が一崖下に転がり落ちても、『ヒラメ号』は平沼製作所が誇る潜水艇初号機『深海五千』をくるんで合体したものだから心配ないさ」

いや、そういう問題じゃないだろ、と言いかけた時、頭上ですすり泣きが聞こえてきた。

「大丈夫よ、〈いのち〉ちゃん、ママはここにいるわ」と言うが、折り重なった3人の一番下

では、美智子の必殺技「背中とんとん」の手が届かない。

〈いのち〉が大きく息を吸い込んだ。

——ヤバい。

「カオル、〈いのち〉ちゃんの背中をとんとんしてえ」

そんなこと言われたって、ぼくの上には三田村があ……。

次の瞬間、「ミギャア」という泣き声が船内に響きわたった。

ぼくは気を失った。

気がついたら船内は真っ暗だった。耳がわんわんしているから、あの後〈いのち〉は泣き続けていたらしい。運転席のヘラ沼はハンドルに突っ伏している。か細い声の子守唄（こもりうた）が聞こえる。身体をねじって見上げると、美智子が〈いのち〉の背中を、とんとん、と叩いている。あの大音声、あの大混乱、身動きが取れない状況で、ぼくと三田村を押しのけて、泣きわめく〈いのち〉の側にたどり着くなんて、母の愛は偉大だ。

「怖かったね、でももう大丈夫」という美智子の呟き声。〈いのち〉は甘えるように「だあ」と言う。船内の様子が見えるのは〈いのち〉の身体が緑色に光っているからだと気がつく。

ぼくは身体を引きずって運転席にたどり着くと、ヘラ沼の肩を叩く。

「しっかりしろ。大丈夫か」と言うと、ヘラ沼は、身体を起こす。

「ビックリした。思わず気絶しちまったぜ」

「〈いのち〉は美智子があやしてくれてる。状況はどうなってるんだ?」

「自動操縦のプログラムがフリーズしちまってる。後は手動運転、つまりこの俺さまが運転しろってこったな」と言いながらヘラ沼がコンパネをいじると赤いランプがいくつか点る。

「GPSとソナーは生きているし、『レッド・キャタペット』とのコネクションも保持されてるから、『ヒラメ号』の自動操縦機能以外は問題ない。ま、何とかなるだろ」

能天気すぎるぞ、と思ったけど、ヘラ沼の屈託のなさに気持ちが救われたのも確かだ。

そんなヘラ沼のおしゃべりが止んだ。

「ちょっと待て。俺たちは海底の穴に転げ落ちてしまったようだ」

「それって穴から出られるのか?」

「今、やってる」

船体が傾いて上向きになり、ぼくたちは後方にどどど、と押し寄せる。

「く、苦しい」と〈いのち〉の巨体の下敷きになった三田村が悲鳴を上げる。

「〈いのち〉ちゃん、どいて」と美智子が言うが、身動きなんてとれっこない。

〈いのち〉の身体がぽう、と青白く光り始める。

エンジン音がして、がくん、と車体が揺れた。わああ、という悲鳴と共に、船体はもとの姿勢に戻った。〈いのち〉も元の位置に戻り、三田村は危機的状況から脱出した。

「〈いのち〉ちゃん、もう少し小さくなれないの」と美智子は無茶な要求をする。

「ここから脱出するのは無理だけど、横穴をいく手はアリだな」とヘラ沼が言う。

「それってドツボであがいてドドツボに嵌まるってヤツじゃないか」

214

「ソナーでスキャンすると横穴には奥があって、上方に向かっているから希望はある」

「でも行き止まりという可能性もありますよね」と三田村が震え声で言う。

「行き止まりかどうかは、突き当たりまで行ってみなきゃわからないだろ」

けだし名言だ。きっと歴代の探検家が難局を突破してきた知恵の言葉に違いない。

けれどもそれと同じくらい、多くの探検家を破滅させた言葉なんだろうけど。

「いざとなればキャタピラを切り離せば『ヒラメ号』は潜水艇『深海五千』に戻って穴からは出られる。でもこのまま行けるところまで行ってみたい。いいよな、カオルちゃん？」

いきなり決断を振られたぼくは、一瞬考えて即答する。

「お前に任せるよ、ヘラ沼艦長」

「そうこなくちゃ。『ヤバダー』クラスターなら、目の前に未知の洞窟が口を開けていれば、行ってみるのが当たり前だ。では23時の方角へ出発」

「ヒラメ号」は上方に上っていく。「レッド・キャタペット」の自走能力は高いようで、横穴に入った途端にスピードがあがった。後部座席の三田村の悲鳴に、ヘラ沼は怒鳴り返す。

「いちいちうっさいなあ。行けるところまで行って行き詰まったら、『キャタペット』を切り離せし潜水艇モードで来た道を戻る。そこんとこはちゃんと計算しているから心配するな」

心配するなと言われても、この状況では心配せずにはいられない。

男子はおろおろしているが、美智子は〈いのち〉をひしと抱きしめ、それ以外は何も考えていないようだ。今、〈いのち〉の身体は緑色の光を放っているけど、さっき三田村が下敷きになった時は青く光っていたことを思い出し、ひとつの仮説を思いついた。

時計を見たら自走潜水艇「ヒラメ号」に乗り込んでから2時間弱が経っている。

「ヘラ沼艦長、ぼくたちは岬からどのくらい移動してるんだ？」とぼくが訊ねる。

「正確な数字はわからないけど、ざっくり10キロくらいかな」

すると水族館くらいまで来ているのか」と呟いたぼくは、もっと重大な問題に気がついた。

「ところで『ヒラメ号』の酸素はあとどれくらい保つんだよ」

「ざっと残り8時間だ。おっと、三田村お待ちかねの、どん詰まりの行き止まりだぜ」

順調になだらかで平らな斜面を上っていた「ヒラメ号」が停止する。行き止まりだ。

「ここまで来て引き返すのか」とぼくが不安になって訊ねる。

ヘラ沼がコンパネのスイッチを入れるとピコーンと音がして、緑色の線図が描き出された。

走行距離は約10キロとして深度はさほど潜っていない

「上方へ縦穴が20メートル続いている。それならここで『キャタペット』を切り離して、潜水艇モードで浮上してみる価値はアリだな」

から上方に行けば地上レベルに到達するかもしれないな。

「戻ったところで穴の底、どうせ『キャタペット』を切り離すなら、今ここで切り離し、行けるところまで行ってみたい。引き返すより、前に進もうぜ」

「ここでUターンして元の道を引き返すという手もあります」と三田村。

ピコーン、ピコーンというソナーの音が船内に響き続けている。ぼくが言う。

「ではヘラ沼艦長の提案通り『キャタペット』を切り離し、『ヒラメ号』は『深海五千』に復帰させ、縦穴を浮上する。行き止まりなら元の道を引き返す。みんな、それでいいかな？」

美智子と三田村はうなずいた。ヘラ沼艦長がコンパネのスイッチを入れる。がうん、と轟音

がして「ヒラメ号」の軀体を包んだ「レッド・キャタペット」が外れ、水中に砂煙が立つ。

視界の濁りが収まると、目の前に赤絨毯の道が広がっていた。

「これより『レッド・キャタペット』から離脱する。さらば、『ヒラメ号』」

がこん、と音がして船体が左右に揺れた。「キャタペット」から分離した「深海五千」は、ゆっくりと浮上していく。広々とした縦穴をライトで照らすと、壁に付着した夜光虫が発光している。ここが行き止まりだったら、今のコースを逆戻りしなくてはならない。

でもヘラ沼は鼻歌を口ずさんでいる。それが「ヤバいぜ、ダーウィン」のテーマ曲だと気がついた時、ぼくは打ちのめされた。

こんな時に「ヤバダー」のことを考える余裕なんて、ぼくにはない。

ぼくの敗北感とヘラ沼の鼻歌、ひしと抱き合う巨大新種生物とその母親、いつの間にか丸窓にへばりついて外部の生態系に夢中になっている優等生という、てんでばらばらな5つの生命体を乗せた旧式潜水艇「深海五千」は、縦穴をのんびり浮上して行く。

どれくらい時間が経っただろう。しばらくして広い空間にぽかりと浮かび出た。

「助かったのね、あたしたち」と美智子がため息をもらす。

「とりあえず潜水艇から降りられるかもっていうだけだけどな」とヘラ沼はクールだ。

ヘラ沼は運転席を離れ、ぼく、三田村、そして美智子をかき分けて上部にたどりつく。天井の丸ハンドルをごりごり回すと、ぱかり、と蓋が開いた。ヘラ沼の声が反響した。

「洞窟の中みたいだ。周りは真っ暗だが、とりあえず降りてみよう」

「潜水艇から離れて大丈夫なんですか」と三田村が震える声で質問をする。

「うまくいけばこの洞穴から外に出られる可能性もある。ここは下船の一手だな」

「それならまず、ぼくが下りて様子を見てくる」とぼくが言う。

潜水艇の外付けの梯子を降りると、膝の深さで足が底についた。

振り返ると潜水艇「深海五千」は救命ブイのようにぷかぷか揺れていた。

「問題はなさそうだ。取りあえず足が底に着く」

「次は三田村が行け。次は〈いのち〉、美智子の順で、俺は最後だ」とヘラ沼が言う。

以前の三田村なら、あーだこーだ言っただろうけど、一連の騒動でスーパー三田村になったのか、ためらわずにざぶん、とぼくの隣に飛び降りた。

いったん顔を出した美智子が顔を引っ込める。代わりに〈いのち〉の大きな頭が現れた。

〈いのち〉は左右を見回し、「んぱ」と言う。そういえばなぜ暗がりでも〈いのち〉や美智子の顔がみえたのかと考えたら、洞窟内は夜光虫とヒカリゴケの光に包まれて、明るくなっていたからだと気づいた。微光の中、〈いのち〉は球体の潜水艇から身を乗り出す。

身体をよじって外に出ようとしているその様子は、なんだかセミの脱皮みたいだ。

〈いのち〉が乗り出すと「深海五千」は徐々に傾き横倒しになった。次の瞬間、〈いのち〉は水の中にざぶんと落ちる。〈いのち〉が深く息を吸い込んだ。ヤバい。

ぼくと三田村は耳を掌で押さえる。

次の瞬間、「ミギャア」という大音声が洞窟内にぐわんぐわんと反響した。その泣き声は耳を塞いだ掌を通り越し鼓膜を直撃したけど、こころの準備があったので気絶せずに済んだ。ぼくと三田村で〈いのち〉の身体を摑んで岸に引っ張り上げようとしたけれど、相手は体重200キロだからそう簡単にはいかない。おまけに〈いのち〉

218

が抜け出した潜水艇はバランスを失い、嵐の海原に翻弄される救命ブイのように右に左に上に下に大揺れしている。入口から顔を出した美智子が悲鳴を上げる。

「〈いのち〉ちゃん、ママを助けて」

その声を聞いた〈いのち〉はぴたりと泣き止むと、すっくと立ち上がる。

身長3メートル近い〈いのち〉は、左に右に大揺れしている「深海五千」を両手でがっしと摑んだ。すると、球形の潜水艇の揺れはぴたりと収まった。

右手で美智子を摑み上げ、腕を持ち上げ振り返り、美智子をそっと岸に置くと、自分も上陸して美智子の隣にぺたりと座り、親指をしゃぶりながら「だあ」と言った。

「おおい、〈いのち〉、俺も助けてくれ」という声に振り返る。美智子が脱出した後に揺れが酷(ひど)くなった「深海五千」の出口で、黒い箱を抱えたヘラ沼が大声を上げている。

「そんな箱、捨てちまえ」とぼくが叫ぶ。一瞬躊躇(ちゅうちょ)したヘラ沼は、黒い箱を海に投げ捨てる。

ぼくは大揺れしている潜水艇に飛びついて梯子を上り、ヘラ沼の首根っこをつかんで引っ張り出す。勢い余って2人とも水中に落ちた。びしょ濡れになりながら、岸に這い上がる。

荒い息をしながらごろりと身体を反転させ後ろを見ると、横倒しになった「深海五千」に海水がどぼどぼ入り、巨大なあぶくをごぼごぼ吐き出しながら縦穴の底へ沈んでいった。

「危機一髪だったな」と言ったぼくの胸倉を、ヘラ沼が摑んだ。

「どうすんだよ、カオル。GPSを捨てたら脱出路を探せなくなっちまうぞ」

「それじゃあ、お前がGPSと一緒に海底に沈むのを見てればよかったのかよ」

その言葉でヘラ沼は、はっと我に返る。冷静さを取り戻すと、にっと笑う。

「取り乱して悪かったよ。死んじまったらGPSもクソもないよな」

コイツはほんとに大したタマだ。でも、いつもへらへら余裕の綽々のヘラ沼が逆上してしまうくらい、今の状況は危機的だとわかって愕然とする。チーム曾根崎の4人プラス〈いのち〉は、洞穴の地底湖から上陸した砂浜で、波立つ湖面を呆然と眺めていた。

「ちょっとくたびれたから、ひと休みさせてくれ」

そう言ってヘラ沼は、ごろりと横になると、ごおごおと大鼾を掻き始めた。八面六臂の大活躍だから疲れて当然だけど、よくこんな状況で眠れるもんだ、とつくづく感心する。

でもそんなぼくもいつの間にか、洞窟の中の砂浜に横たわって眠っていた。

どのくらい時が経ったのだろう。ふと、目覚めたぼくは周囲を見回す。

ヘラ沼は大の字で往復鼾をかいているし、三田村は隅っこでうつぶせに寝ている。反対側では美智子が猫みたいに身体を丸めて〈いのち〉に寄り添っている。みんな、爆睡中だ。

さっき〈いのち〉が美智子を助けなかったらピンチだった、とぼくはしみじみ考えた。

暗闇に目が慣れてきたので、周囲を見回す。ヒカリゴケと夜光虫の青白い光は最初よりも強くなっている。そんな中、ぼくはとんでもないものを発見した。

「おい、ヘラ沼、起きろ」

ヘラ沼の頬をぴしゃぴしゃ叩くと、目を擦って起きたヘラ沼が、寝ぼけまなこでぼくを見た。

「なんだよ、カオルちゃん。もう少し寝かせてくれよ」

「寝ぼけるな。アレを見ろ」

ぼんやりしていたヘラ沼は、立ち上がると、ぼくが指差したものに歩み寄り、手に取った。

220

「これは……俺たちは助かったのか」

それはぼくとヘラ沼が洞穴の奥まで探検した時に張った黄色いロープのリールだった。

そう、ここは、あの洞穴の行き止まりの地底湖だったのだ。

ぼくが美智子と三田村を揺り起こすと、目を覚まし周囲を見回した2人も歓声を上げた。

砂で汚れた黄色いロープをみて、ぼくたちがどれだけほっとしたか、他人にはわからないだろう。なにしろロープをたどれば洞穴の外に出られるのだから。海底の窪みに落ち込んで抜け出せなくなったり、地下洞窟に到達し上陸したとたん潜水艇が沈没したりと、波瀾万丈危機一髪、転落すれすれ斑尾の蟻の塔渡りみたいな細道を通り、ようやく出口に辿りついたのだ。

リールを見た時、「地獄に仏」という言葉を実感した。弘法大師の教えによれば、仏さまは遍くどこにでもいるそうだけど、生まれて初めてその教えを体得した気がする。

「俺の腹時計によれば夕方の5時くらいだな」とヘラ沼が自信たっぷりに言ったけど、そんな当てずっぽう、信じられるはずがない。

のろのろ歩いて〈いのち〉が孵化した広場にたどりつく。たった25メートルなのに、どっと疲れが出たのは、見慣れた場所を見て安心して気が緩んだからだろう。

〈いのち〉は自分がここで「孵化」したことを思い出したのか、「マンマ」と言った。

そこには〈いのち〉を運び出す際に置き忘れたシーツがあった。美智子はシーツの真ん中を丸く切り裂いて即席のポンチョを作った。美智子は〈いのち〉の咄嗟のレスキューのおかげで濡れずに済んだが、他の3人はびしょ濡れだ。夏だけど洞穴の中は肌寒いくらいだった。

「あ、佐々木さんが置き忘れた『グルリン眼鏡クン初号機』があるぞ」

「たまご」を監視していた自動撮影カメラは、肝心の誕生の瞬間には役に立たなかった。

「コイツにはデジタル時計があるから時間がわかるぞ」と言ったヘラ沼が確認すると、なんと午後5時半。さっきのヘラ沼が5時だと言った時から少なくとも20分以上は経っているから、ほぼぴったりの時間を言い当てたわけだ。ヘラ沼の腹時計おそるべし。

「もう少しして暗くなったら秘密基地に行って食い物や着替えを取ってくるよ」とヘラ沼。

そういえば秘密基地にかなりの食料を備蓄してあったんだっけ。ビバ、秘密基地。

「〈いのち〉ちゃんも連れて、みんなで行きましょうよ」と美智子が言う。

「ダメだ。ただでさえ図体がでかくて目立つし、大泣きしたら一発でバレちまうからな」

「じゃあ、この先はどうするの」

「オレンジに再収容してもらうしかないだろうな」とぼくが答えると、ヘラ沼が指摘する。

「でも以前は小型トラックで済んだけど、今回は大型トレーラーでないと無理だぞ」

「そうだな。でも結局東城大の先生や白鳥さんに相談するしか、他に手はないよ」

「パパやママが心配しているから、家に電話を掛けてもいい?」と美智子がおずおずと言う。

「止めとけ。赤っ恥を搔かされた自衛隊や米軍が、盗聴や逆探知などあらゆる手段で俺たちの行方を追っているはずだ。そんな中で実家に携帯で電話したりしたら、ここにいることがバレて〈いのち〉を連れ去られちまうぞ」とヘラ沼が即座に反対した。

スマホを未練がましく見ていた美智子は肩をすくめた。

「神さまもヘラ沼君のいう通りにしなさいって言ってるみたい。電池切れよ」

222

ぼくと三田村はもっと悲惨で、水没したスマホは壊れていた。

その時、ぼくはもっと基本的な事実に気がついた。

「うっかりしてた。洞穴の中は圏外だ」

4人は一斉に脱力する。気を取り直したヘラ沼が言う。

「腹が減っては戦はできぬ。取りあえず秘密基地から食べ物を取ってくるぜ」

一瞬、大丈夫かな、とは思ったけれど、他に手はなさそうだったので、反対者はいなかった。

ヘラ沼が出口に向かって姿を消すと、残された3人は膝を抱え洞穴の壁に寄りかかる。

美智子は〈いのち〉に寄り添い、背中をとんとんする。

「さっきは、もうダメだと思いました」と三田村がぽつりと言う。

「どの場面のことを言っているんだろう、と思いながらぼくはうなずく。

「よく帰って来られたよな。無事に〈いのち〉を連れ出せるなんて思いもしなかったよ」

そう言いながら、これって無事と言えるのかな、と自分でツッコミを入れてみる。

「だいたい平沼君は秘密主義すぎるのよ。事前にこういう作戦があると聞いていたら、あたしたちだって、無茶しなかったのに」と美智子がぶつぶつ言う。

「ヘラ沼も教えてもらっていなかったようだから仕方ないさ。結局のところ、〈いのち〉を救えたんだから、結果オーライだろ」

美智子は人差し指を頰に当て、「そうね、カオルの言う通りね」とうなずく。

「なんにしてもぼくたちは絶体絶命の死地から生還して、〈いのち〉の奪還まで果たしたんだ。

すごいことだよ」

「その通りです。本当に奇跡です」と三田村がうなずく。

ぼくたちは美智子の隣ですやすや眠る〈いのち〉の顔をしみじみと見つめた。

もしもコイツがいなかったら、美智子は今頃海の底に沈んでいたかもしれない。

でも逆に言えば、コイツが大暴れしたせいで「深海五千」が沈んでしまったとも言える。

こういうのを「禍福はあざなえる縄のごとし」というんだろうか。やれやれ。

その時、美智子が人差し指を唇に当て「しっ、誰か来る」と言った。

「ヘラ沼だろ」とぼくが言うと、美智子は耳を澄まし、集中した表情になる。

「ううん、足音は2人よ」

ぼくと三田村は周囲を見回し、〈いのち〉の隠し場所を探したけど、見つかるはずもない。

足音は次第に大きくなり、一旦止まる。それからざっくざっくとしっかりした足音が再開した。

闇の中からぬっと現れたのはゴーグルをつけた老人だった。

次の瞬間、洞窟内に割れ鐘のような声が響く。

「なんぢゃなんぢゃ、しょぼくれおって。作戦はうまく行ったんだから、もっと胸を張れ」

豪介爺ちゃんの顔を見て、ぼくたちはへなへなと崩れ落ちた。後ろから食べ物と飲み物、タオルにTシャツを抱えたヘラ沼が現れた。ぼくたちは食べ物にかぶりつく。手や口が油だらけになるのも構わず、食べこぼしが飛び散るのも気にせず、ひたすら食べる、飲む、食べる。

そんなぼくたちを穏やかな眼差しで見ていた豪介爺ちゃんが口を開いた。

「食事が済んだら、〈いのち〉坊を連中に返しにいくぞ」

「ええ?」「なんで?」「どうしてですか」と3人が一斉に言う。

「4人の中学生が米軍の潜水艇を盗んで逃走した挙げ句、遭難して海上保安庁の他、海上自衛隊に米海軍まで総出で桜宮湾を捜索中だ。こんな大ごとになってしまったら、僕や高階学長、東堂教授の豪腕を以てしてもどうもならん」

「でも『奪還作戦』通りなんですよね。そしたらこれは作戦ミスだったんですか？」

「僕と東堂教授が画策した作戦は完璧（かんぺき）ちゃった。『ヒラメ号』にインプットしておいた経路で自動運転でゴールに到着すれば、バッチリぢゃった。なのに雄介の大馬鹿もんが勝手に自動操縦を解除して手動に切り替えおったせいで、全ては台無しぢゃ」

「俺だって好きで手動にしたワケじゃないやい。いや、言い訳じゃないやい。あれは緊急事態だったんだ」

ヘラ沼が言い訳する。いや、言い訳ではなく事情説明か。

「『ヒラメ号』はどこに到着する予定だったんですか」とぼくが質問する。

「桜宮深海館の前の桜宮海岸ぢゃ。そこに高階学長が報道陣を呼びつけた。そこへ桜宮深海館のスターである僕が、〈いのち〉坊を引き連れて海から颯爽（さっそう）と登場、お披露目するという段取りぢゃ。目玉は〈いのち〉坊と黄金地球儀が並んだ記念撮影で、インスタ映えする写真をネット配信すればたちまち世界中から1億イイネを獲得し、そうなれば権力者の意向に従い、首相案件だ米軍の差配だのと言い訳ばかりしている腰抜けメディアも報道せざるを得なくなり、口先首相の特別案件みたいな陰険な情報操作も不可能になる。その後、記者団を引き連れて行き『ポセイドン』に引き返し、〈いのち〉坊の検査をしながら東堂教授ご自慢の『ガブリエル』のお披露目を済ませるという、壮大かつスペクタクルな大人の企画ぢゃった」

豪介爺ちゃんは一瞬、遠い目をした。確かにそんな派手なアトラクションは前代未聞だ。

実現したら桜宮の新たな伝説の一頁になっただろう。

深々と息をついた豪介爺ちゃんは、ぼくたちを柔らかい視線で見た。

「なのに寸前にいたずら坊主が割り込んできたせいで、全てが台無しぢゃ。あそこで下手に騒いだら〈いのち〉坊を連れ出せなくなるので瞬時に計画変更したんぢゃ。せっかく、儂が自動操縦で到着地点を設定しておいたのに、このタコ介が勝手にいじくり回しおって」

「平沼君のミスではありません。〈いのち〉ちゃんが突然暴れ出したんです」と珍しく美智子がヘラ沼を庇う。すると豪介爺ちゃんは、首を左右に振って言う。

「どんな時も臨機応変に対応できなければ冒険家と言えん。雄介はまだまだぢゃ」

「爺ちゃんが事前に目的地を教えてくれなかったせいだろ。爺ちゃんだってあの場にいたら、俺と同じことになったはずだ」とヘラ沼は頑張る。

「それは言い訳ぢゃ。儂なら真っ先に自動運転の目的地を確認した。そうすれば手動で深海館をめざし計画は破綻せずに済んだんぢゃ」

ヘラ沼は悔しそうに唇を嚙んだ。爺ちゃんの指摘にぐうの音も出ないようだ。

「私たちのミスは認めますけど、〈いのち〉ちゃんを連れ戻すのだけはやめてください」

「嬢よ、事態がここまできたら、それは無理というものぢゃよ」

美智子はうなだれる。その時、〈いのち〉が目を覚まして大きなあくびをした。それから美智子に寄り添うと「マンマ」と言う。その様子を見て美智子が言う。

「それならせめて今夜だけは、ここにいさせてもらえませんか。この子もようやく落ち着いたんです。一晩だけでも今夜だけは一緒に過ごしたいんです」

豪介爺ちゃんは、美智子の必死の訴えに心をほだされたようだ。

「ううむ、海上保安庁や海上自衛隊、在日米軍まで発動している、大変な状況なのぢゃが……まあ一晩ならギリギリOKか。遭難した水死体の捜索も翌朝まで見つからないことはよくある話ぢゃからな」

言うに事欠いて遭難者に喩えるなんてデリカシーがなさすぎる。でも美智子は飛び上がらんばかりに喜んで豪介爺ちゃんに抱きついた。

「ありがとう、お爺ちゃん。嬉しい。感謝します」

その後、豪介爺ちゃんは今の状況を説明してくれた。

そしてなぜぼくたちがここにいることがわかったのかという種明かしもした。

「雄介が佐々木青年に『グルリン眼鏡クン』を貸し出したようぢゃが、返し忘れおってな。監視カメラは動きがあったらビデオが起動し画像を転送する設定ぢゃった。転送先に儂のスマホもあって、突然お前たちの画像が送られてきたので、ここにいるとわかったのぢゃ」

桜宮は大騒ぎで、海岸線は灯りで照らされ潜水艦や潜水夫の人たちが今も夜を徹して捜索中だという。テレビでも大ニュースなのに、〈いのち〉のことにはひと言も触れず、単にぼくたち4人が勝手に潜水艇に乗り込んで遭難した、ということにされているのだという。

「お前たちが〈いのち〉坊と一緒に現れても、連中は見ないフリをするぢゃろうな」

そう言って豪介爺ちゃんは立ち上がると、腕時計をちらりと見た。

「10時を過ぎた。〈いのち〉坊と積もる話もあるぢゃろうから一晩、心ゆくまで話すがいい」

そう言って、じゃりじゃりと足音を響かせて、豪介爺ちゃんは闇の中に姿を消した。

13 章
ツバサを夢見ないのは、
ツバサを持ったことがないからだ。

· ·

7月18日（火）

洞穴の壁に寄りかかり、〈いのち〉の身体をとんとん叩きながら、美智子が呟くように言う。

「〈いのち〉ちゃんが、普通の大きさだったらよかったのにねえ」

身長３メートルの巨大新種生物に掛ける言葉ではないけど、その気持ちは、痛いほどわかる。〈いのち〉は穏やかな表情でうつらうつらしている。その身体はうっすらと緑色の光を放っている。その様子を眺めているうちに、潜水艇の内部で思いついたことを思い出した。

「美智子、〈いのち〉に触ってみてくれないか」

美智子と三田村は怪訝そうな顔をして、言う通りにした。美智子が離れると緑の光が消え、三田村が触れると青くぼうっと光った。次に三田村が離れぼくが触れると、〈いのち〉の身体は黄色く光った。「おい、ヘラ沼」と呼ぶとヘラ沼は立ち上がる。〈いのち〉に近づき身体に触れる。今度は〈いのち〉の身体は赤く光った。

「俺たちが最初にコイツの『たまご』に触れた時と同じ色だな。ひょっとしたらあの時、〈いのち〉は俺たちの精神活動の何かと感応したのかもしれない」とヘラ沼がしたり顔で言う。

「あるいは、私たちの精神の一部を摂取したのかも」と三田村。

「すぐ後に〈いのち〉が誕生したんだよな。ひょっとしてぼくたちは本当に〈いのち〉のパパ

とママかもしれないぞ」とぼくが言うと、ヘラ沼と三田村は、まさか、という顔をしたけれど、美智子は大きくうなずいた。ぼくは続けた。

「そういえば4人一緒に『たまご』を抱えた時は順番に4色に光った後で、赤ちゃんの姿が浮かび上がったよな。あの時みんなは何を考えてた？」

「覚えてねえよ、そんな昔のこと」とヘラ沼が答える。

真面目な顔で考え込んだ三田村は、ぽつりと言う。

「私は『たまご』がちゃんと孵（かえ）るといいなあ、と思っていた気がします」

ぼくもそんな気がした。でも『たまご』を抱えたら誰でもそんな風に考えるだろう。

「ひょっとして4人一緒に触って同じことを願ったら、それが反映されるんじゃないかしら」

「まさか。『ヤバダー』でもそんな話は聞いたことないぞ」とヘラ沼が言うが、ヤツにしては珍しい誤爆だ。「ヤバダー」ではこれまで、新種生物の放送回はなかった。

「美智子の仮説が正しければ、ぼくたち4人が同じことを念ずれば、〈いのち〉は応（こた）えてくれるかもしれないってことか。試してみる価値はあるな」

「とりあえずできることをやってみよう」というのは厚生労働省のファイヤー・バード、白鳥さんの座右の銘だっけなんて、どうでもいいことを思い出す。

「だとしたらぼくたちは、何をどんな風に願えばいいのかな」

「誰にも見つからず〈いのち〉ちゃんが逃げられますように、というのが今の願いだけど」

「でもそれって〈いのち〉には命じようがないだろう」

「そしたら、〈いのち〉ちゃんの身体が普通の人みたいに小さくなれって願うのはどう？」

「さっきよかマシだけど、やっぱり無茶だ。もっと現実的でないと」

ぼくが美智子の提案を次々に却下していたら、ついに美智子がブチ切れた。

「カオルってば、ダメダメダメダメダメって、ダメ出しばかりして。それじゃあ絶対に飛べないわ。

いいこと、ヒトがツバサを夢見ないのは、ツバサを持ったことがないからなのよ」

おお、なんて詩的な表現だろう。

ぼくが美しい言葉に打ちのめされていると、ヘラ沼が言う。

「さっきの進藤の願い事が一番わかりやすい。ダメもとでもやってみればいいじゃん。それが

ダメなら他の願い事を考えればいいし、そもそも起こるかどうかもわからないわけだし」

「ま、ヘラ沼艦長がそう言うなら、それでもいいさ」と、ぼくはふてくされて答えた。

ぼくたちは立ち上がると、猫みたいに身体を丸めて眠っている〈いのち〉の巨体を囲む。

隣の人と手をつないで大きな輪を作り、その輪を次第に小さく狭めていく。

「みんな、〈いのち〉ちゃんの身体が小さくなりますように。本気で願ってね」

ぼくたちはうなずいて、4人一緒に〈いのち〉に抱きついた。すると、〈いのち〉の身体が

白く強い光を放ち始めた。白光が消えると今度は緑、青、黄、赤と順番に光り出す。

「〈いのち〉ちゃん、お願い、小さくなって。あたしたちと同じくらいに」

美智子が叫ぶ。4色の光が点滅しながら色が入れ変わり、だんだん点滅の間隔が短くなって

いく。最後に真っ白な閃光がぼくたちの目を射た。その光圧に、つないだ手を引き離され、ば

らばらになり後方に吹き飛ぶ。壁にぶつかり、尻餅をつく。

ぼくたちはぶつけたところを撫でながら立ち上がる。うつぶせに丸まった〈いのち〉の身体

は、白く輝いた後に徐々に光を失っていく。やがて光は消え失せ、洞穴は暗闇に包まれた。

美智子がおそるおそる、〈いのち〉の身体に触ってみるが、緑には光らなかった。

「死んだのかな？」と物騒なことを言ったヘラ沼を、美智子は睨みつけた、気がした。

「気がした」というのは洞穴の中は真っ暗で、何も見えなかったからだ。

「死んでないわ。ちゃんと息はしてるもの」

そう言った美智子も不安げだ。それからしばらく様子を見ていたけど、特段〈いのち〉に変化はなかった。どうやらぼくたちの試みは失敗したようだ。

脱力して壁にもたれたぼくは、周囲が真っ暗なので、すぐに眠りに落ちた。

身体を揺すられて目が覚めた。目の前にぽっかりと、美智子の顔が見えた。

「ねえ、起きてよ、カオルってば」

「なんだ、どうしたんだ、美智子」

ぼくが身体を起こすと、美智子は暗闇の中、「あれを見て」と指差した。

白くぼうっと光っているのは、身体を丸めて眠っていた〈いのち〉だった。

「〈いのち〉ちゃんの身体がカチカチになってるの」

美智子の不安そうな声に、ヘラ沼と三田村も目を覚ました。

ヘラ沼が〈いのち〉の身体を、拳でこんこん、と叩く。

「うわ、固ってえ。サナギみたいだ。ひょっとしてもうじき羽化するのかな」

「何をバカなこと言っているんだ。〈いのち〉は虫じゃないんだぞ」

「でも『たまご』から生まれたんだから、ヒトよりも昆虫に近いんじゃないのか」

それは「ヤバダー」クラスター的発想だ。巨大新種生物だから常識は当てはまらない。

「自由な発想、確かな観察眼」、それが「ヤバダー」コンセプトだ。

「そんなことどうだっていいから、〈いのち〉ちゃんを抱きしめてあげて」

非論理的な対応だけど「子を思う母は、理屈を無力化する」という絶対真理の前では、従うしかない。でも4人で抱きしめていても、〈いのち〉は無反応だった。

けれども岩のように固くなった身体の奥から、鼓動らしきものが感じ取れ、少し安心した。

みんなは、「どうか〈いのち〉が無事でありますように」とひたすら祈った。

しばらくすると〈いのち〉の身体が次第に温まってきた。体温はどんどん上がり、ぬるま湯から温泉みたいになり、ついには熱湯のように熱くなった。ぼくたちは〈いのち〉の身体から離れた。白い光は強く弱く、心臓の鼓動のように規則正しく変化した。やがて身体を丸めて、巨大なダンゴムシみたいになった〈いのち〉の背中に裂け目ができると、一条の強い光が天井を直撃する。眩しくて思わず目を瞑る。それからおそるおそる薄目を開けた。

〈いのち〉の殻から立ち上がったのは、ぼくたちと同じくらいの背丈の青年だった。

「佐々木さん、どうしてこんなところに……」と美智子が呆然と言う。

そこに佇んでいたのは元スーパー高校生医学生にして、今は東城大学医学部生の佐々木アツシさん、にそっくりの人物だった。いや、「人物」なのか?

「佐々木さん」は美智子の姿を見ると、微笑して「マンマ」と言った。

やっぱりコイツは〈いのち〉だ!

「佐々木さん」は裸だった。みんなの視線は同時に、その下半身に注がれた。

思った通り、そこに「男の子にあるべきもの」はなかった。

「やっぱりあなたは〈いのち〉ちゃんなのね。でもどうしていきなりそんな姿に……」

それは誰もが思った疑問だけど、とりあえず豪介爺ちゃんが持ってきたTシャツを着せズボンをはかせた。

そう言えばコイツは佐々木さんに憧れていたっけと思うと、うろたえぶりが微笑ましい。

服を着るといよいよ「佐々木さん」にそっくりだ。ひょっとしてぼくたちを驚かせるために、

その辺りに隠れていたんじゃないかと思ったくらいだ。

〈いのち〉の抜け殻は蟬の抜け殻そっくりで茶色く変色していて、カチカチに固かった。

〈抜け殻いのち〉と〈佐々木さん≠いのち〉を見比べて、美智子はしみじみと言った。

「確かにあたしたちは〈いのち〉ちゃんに小さくなってと頼んだけれど、佐々木さんそっくり

になってなんて誰も願わなかったと思うんだけど……」

すると三田村がはっと顔を上げた。

「もし、その人のことを強く想っている人がいたらどうでしょうか」

「な、な、何をオカルトしてんだよ、三田村。ここには俺たち4人しかいないんだぜ。まさか

美智子の守護霊、とか言い出すつもりじゃないだろうな」

「いえ、ここにもうひとりいます。というか、その人のこころがあるはずなんです。それは、

こころの移植実験で〈いのち〉に移植された、日比野涼子さんです」

ぼくたちは一斉に佐々木さんバージョンになった〈羽化いのち〉を見た。

みんなに見られた〈いのち〉はにっこり笑う。その時、ぼくの腹の虫が、くう、と鳴いた。つられて他の3人の腹の虫も一斉に鳴き、みんな笑い転げた。しばらくしてぼくが言った。

「みんな、秘密基地に行って栄養補給をしようよ」

「外に出たらバレるから危険だと、豪介爺ちゃんに忠告されたばかりじゃないですか」

「三田村博士は頭が固いねえ。〈いのち〉は図体がデカくて目立ったから外に出せなかったけど、『佐々木さん』ならバレないだろ」

ぼくの説明に一発で納得したみんなは、洞穴の外に向かう。

新しい誕生を祝福するかのように、ヒカリゴケと夜光虫の光が、がらんとした広場に残された巨大な〈いのち〉の抜け殻をうっすらと照らし出していた。

外に出ると月はなく、星だけが闇夜に瞬いていた。暗闇にいたぼくたちの目には、外界は途方もなく明るく見えた。秘密基地の扉を開けると、がたぴしという音が夜の静寂に響く。

「そういえばコイツ、佐々木さんバージョンでも『グオー』って泣くのかな」とヘラ沼が言う。

「ヘラ沼にとって〈いのち〉の泣き方の公式モードはあくまで『グオー』らしい。

「自分の見たもの、聞いたもの、嗅いだもの、味わったものだけを信じよ」という「ヤバダー」クラスターの掟にしたがえば、当然なんだけど。

「〈いのち〉ちゃん、髪の毛を3本、ぴょこんとしましょうね」

部屋に入り床に座ったら、どっと疲れが出た。美智子が、〈いのち〉に言う。

〈いのち〉の髪の毛が3本、ぴょこんと立っている。昔そんなオバケの漫画があったことを思

い出した。最後には美智子も「もう、勝手にしなさい」と匙を投げてしまった。

ぼくたちは冷蔵庫から飲み物やお菓子を取り出し、飲みまくり、食べまくった。

ふと〈いのち〉を見ると、肩のところにオモチャの子馬がちょこんと乗っている。

「あれ？　可愛いね、そのポニー」

ぼくが手を伸ばすと、子馬のフィギュアはひひん、といなないた。

「ボクハ『ぽにー』ジャナクテ、〈うにこん〉ダヨ」と金属的な声がした。

ミニチュアの子馬が喋っている……。よく見ると額に小さな角がある。

「ごめんごめん、君は子馬じゃなくて一角獣だったのか」

ぼくがそう言うと、プチ一角獣は、『『ゆにこーん』ジャナクテ〈うにこん〉ダヨ」と言う。

そして〈いのち〉の肩からふわりと舞い上がり、1台だけのメリーゴーラウンドのように、頭上でくるくる回り始める。〈いのち〉が得体のしれない言葉を喋り始めた。ロシア語や韓国語、中国語、英語に仏語、その他聞いたことがない言葉の断片が入れ替わり立ち替わり現れる。

やがて、「あ、あ、チューニング官僚？　管領？　完了？」という声がしたと思ったら、いきなり佐々木さんバージョンの〈羽化いのち〉が口を開いた。

「みなさん、こにちワ。いつも、お世話、なる〈いのち〉どえす」

「〈いのち〉ちゃん、あなた、喋れるようになったの？　どうしていきなり？」

「この飼い馬？　海馬？　木の馬？　木馬？　のおかげっす。コレ、世界パソコン、出入り、スル。そのデータ、組み、立て、知識庫に、ありまおんせん」

「人工知能のことですか」と三田村が言うと、〈いのち〉は首を横に振る。

「違う、マス。ミーは〈いのち〉。人工知能ない、生命鯛？　生命他意？　生命体？　どえす」

「自分のことが分かるの？　わかっていたとしたら、いつからなの？」

美智子の質問に、〈羽化いのち〉が答える。

「ママは漆紋？　室門？　質問？　を、ふたあつ、重ねる蛍光？　鶏口？　傾向？　ぐぁある

あるあるます。できれば、一つ一つ、なると、うれしかたい」

美智子は、んまあ、という顔をした。それから改めて質問し直す。

「〈いのち〉ちゃんが、自分のことがわかるようになったのは、いつからですか」

急によそ行きの言葉遣いになる。美智子にすれば、ごもっともな指摘を憧れの人から真顔で

指摘されたようなものだから、動揺し、かつ、憮然としたのだろう。

「答え、どえす。周りの人、の海馬？　飼い葉？　会話？　は、生まれ、すべて、もの倉に、

保存、た。を、論理？　倫理？　管理？　的に、理解のは、ここ、そこ、あそこ、こそあどに、

〈オンディーヌ〉が、砲門？　法文？　訪問？　します、ですます、ですます調」

「涼子さんがそこにいるの？」とぼくが訊ねる。

「知らない。知りません、知る時、知れば、知りなさい、ミーいる、〈オンディーヌ〉呑み？

蚤？　アレ＆私、同居？　寄生？　共棲？　します。私の外見、こうした、アレ」

「君は〈オンディーヌ〉の何を知っているのさ」

「〈マザー〉イン、いた、感蓮？　肝廉？　関連？　情報どえす。アレ存在、意義は、ステル

ス・シンイチロウ、教え、ませませ」

238

なんでここでパパが登場するんだ、とぼくは呆然とする。

〈いのち〉の頭上でくるりくるりと回っていた〈うにこん〉の回転が徐々に速まる。

「うにこん警報、うにこん警報。宿命接近中」

やがて遠くからバイクの排気音が聞こえてきた。急ブレーキの音。じゃりっと砂利を踏む音。

がたぴしと扉の開く音。扉が開いて顔を見せたその人は、驚愕の表情を浮かべる。

そりゃそうだろう。なにしろ今、海上自衛隊やら在日米軍が大捜索している中学生4人が雁首揃えているだけでもビックリなのにその上、この人なら更にビックリして当然だ。

佐々木さんは指差ししながら、大声を上げた。

「な、な、なんだ、ソイツは」

指差された青年は、立ち上がりお辞儀をした。

「こちにわ、〈いのち〉、どえす」

佐々木さんは口をぱくぱくさせ、言葉が出てこない。

「落ち着き、お座り。ヘラ沼ドン、野実もの？ 蚤もの？ 飲み物？ あげて、なさい」

指示されたヘラ沼は、「お、おう」と答え冷蔵庫からスポーツドリンクを出し、佐々木さんに手渡す。佐々木さんは震える手でキャップを開けると一気に飲み干した。それから思いついたように、自分の股間をさぐり、ほっとしたような表情になる。

大きくひとつ息をすると、ぼくたちを見回して言う。

「さて、これは一体どういうことか、誰か説明してくれないか」

ぼくたちは顔を見合わせたが、誰も口を開かない。

やがて美智子がその大役を引き受けて説明を始めた。

これまでの話を手際よく説明し終えると、佐々木さんは、ふう、と吐息をつく。

「話は理解したが、わからないことだらけだ。なぜコイツは俺の人形になった？　お前たちの方がつきあいが長いんだから、カオルや三田村君、進藤さんになってもいいだろう」

「この子は周りの人の願いに感応して姿を変える性質があるらしくて……。佐々木さんの顔になったのは、こころを移植した涼子さんの気持ちのせいではないか、という推測です」

美智子の話を聞いた佐々木さんの顔が、みるみる真っ赤になった。

「う、まあ、そこはどうだかわからないが、わからないことをいつまでも考え続けてもわからないだろうな。だってわからないのはわからないことなんだから」

佐々木さんがこんなしどろもどろでうろたえた姿は、初めて見た。

「じゃあ、次の質問だ。コイツは一体なんだ？」

〈いのち〉の頭上でくるりくるりと楽しげに回っているプチ一角獣を、佐々木さんは指差す。

それには〈いのち〉が直接回答した。

「コレは飼い馬？　海馬？　三角木馬？　木馬？　どえす」

一角獣は回りながら「ボクハ〈うにこん〉、ボクハ〈うにこん〉」と繰り返す。

「コイツは〈木馬〉の本体か」と佐々木さんが呟く。

「未来医学探究センター」のスパコンが勝手に捕獲してきたお気に入り、タクさんのバディ。タクさんが恐れたように〈木馬〉は今、世界に解き放たれようとしている、のだろうか。

「そいつは絶対に放し飼いにするな」と佐々木さんが言うと〈いのち〉は首を傾げる。

「でもコレは、蜘蛛（くも）？　久望？　雲？　を、サンボ？　三宝？　散歩？　します。　準備大層？

大喪？　体操？　は、バッチリ、どえす」

「ダメなものはダメだ。いいからソイツを引っ込めろ」と言うと、〈うにこん〉は、いやいや

と首を振ったけどやがて、ひゅるるる、と3本立った髪の毛の中に吸い込まれていった。

「ところで佐々木さんは、どうしてここに来たんですか？」と美智子が訊ねる。

「行方不明になったお前たちを捜して、〈マザー〉でGPS信号を追いかけていたんだ。シグ

ナルはロストしてしまったが、その時〈マザー〉が一斉にあらゆるウインドウを立ち上げ、次

から次へと情報を吸い上げ始めた。やがて『秘密基地に向かえ』というメッセージが出てきた

からバイクをすっ飛ばして、ここにやってきたんだ」

その時間は、〈羽化いのち〉が秘密基地で外部ネットと接続を始めた時刻と合致していた。

たぶん〈うにこん〉が〈マザー〉を通じて佐々木さんを呼び寄せたんだろう。

「さて、状況はわかった。　問題はこれからどうするか、だな」

気を取り直したように、佐々木さんが言った。通常運行の佐々木さんに戻れたようだ。

「平沼君のお爺さんは〈いのち〉を『ハウス』に返すしかないって言うんです」

「それは当然の判断だな。世の中は大変な騒ぎだ。耳を澄ましてみろ。ヘリの音がするだろ？

桜宮海岸を10機以上のヘリが飛び回り、海上をライトで照らしてお前たちを夜通し捜索中だ。

なぜさっさと自首しなかったんだ？」

自首って罪を犯したみたいだ、とチーム曾根崎の4人は一斉に反発する。

チームの事実上のボス、美智子が敢然と言い返す。

「そんなことしたら〈いのち〉ちゃんと引き離されて、二度と会えなくなってしまうからです。

さっき平沼君のお爺さんに、今夜だけでも〈いのち〉ちゃんと一緒に過ごさせてくださいって

お願いしたんです」

「あの爺さんは妙なところで温情派なんだな。確かに、遭難者の捜索が3日、4日続くことは

よくある話だから、一晩くらいならどうってことないか」

佐々木さんも豪介爺ちゃんとまったく同じようなことを言う。

「でもいつまでも誤魔化しきれるもんじゃないから、明日の朝には出頭しろよ」

佐々木さんは冷たく言い放つ。「出頭」だなんてやっぱり犯罪者扱いかよ。

ぼくたちは悪いことは何もしていない。反発したぼくはその時、いいことを思いついた。

「美智子、もう〈いのち〉を引き渡す必要はなくなったぞ」

「自衛隊や米軍や警察が必死になって捜しているから、ここが見つかるのも時間の問題でしょ」

「いや、いくら捜しても、〈いのち〉は見つかりっこない。みんなは身長3メートルの巨大な

幼児を捜しているんだぜ。そんなヤツ、どこにいるんだ?」

ヘラ沼が、ぱん、と手を打つ。

「そうか。今の〈いのち〉ならフリーパスだ」

「その通り。あとは佐々木さんに、〈いのち〉をあの塔に匿ってもらえば完璧だろ?」

「それなら安全ね。カオルってば、やっぱり天才中学生だったのね」

佐々木さん本人の意向を置き去りにしっぱなしで勝手に話がどんどん進んでいく。

やがてみんな、その結論に色とりどりの態度で賛成し、それなら善は急げ、と行動すること

242

になった。

一方的に結論を押しつけられた佐々木さんは、呆然としていた。

まあ、当然の反応だけど。

5分後、佐々木さんは自分そっくりモードの《羽化いのち》をバイクのタンデムシートに乗せ、「未来医学探究センター」に連れて行くことに同意させられていた。

秘密基地の外に出ると、星がとても綺麗（きれい）だった。遠く海の上を、たくさんのヘリコプターがサーチライトを海面に投げかけながら飛んでいる。

ぼくたちに見守られ、《羽化いのち》を後部座席に乗せた佐々木さんは、「なんだか妙な気分だぜ」とぶつぶつ呟きながらキック・スターターでエンジンを掛ける。

ぶるん、とバイクが震え、どどど、と音と振動が広がる。後部座席に乗った《いのち》の目にみるみるうちに涙がたまっていき、大きく息を吸った。

おい、まさか……。

次の瞬間、《いのち》の「ミギャア」という泣き声が夜の静寂にこだました。

「美智子、《いのち》をなんとかしろ」とぼくが指示する前に、美智子は《いのち》の背中をとんとんと叩いていた。うろたえた美智子は、「心配しないで、《いのち》ちゃん、この人はあなたのお兄さんなんだから」とわけのわからないことを口走っている。

「あ、佐々木さんが失神してる」とヘラ沼が言う。ハンドルにうつぶせた佐々木さんの身体を揺すると、佐々木さんは意識を取り戻した。

「ああ、ビックリした。死ぬかと思ったぜ。まったく、冗談じゃない。運転中に耳元で直撃砲を食らったら事故っちまう。死ぬかと思ったぜ」と美智子がきっぱり言う。

「大丈夫です。あたしがよく言い聞かせますから」と美智子がきっぱり言う。

そして〈いのち〉の背中をとんとんしながら、言う。

「〈いのち〉ちゃん、怖くないのよ。これはバイクといって、あなたを助けてくれる乗り物なの。そしてこの人はあなたのお兄さんだから、おとなしく後ろに乗ってね」

すると〈いのち〉の髪の毛がぴょこん、と3本立ち、プチ一角獣〈うにこん〉が肩から飛び上がり、頭上をくるくる回り出す。

「バイク？　俳句？　蛙飛び込む水の音？　海苔？　ノリノリ？　乗り物？……」

やがて〈いのち〉はうなずく。

「〈いのち〉、泣かない。泣きません。もう泣〜かないわ ♪」

「佐々木さん、もう大丈夫です。早く行って」

半信半疑の表情の佐々木さんがエンジンを掛け直す。振動と轟音。でも〈いのち〉は今度はしっかりと佐々木さんにしがみついたまま、泣かなかった。

遠くからヘリの音が近づいてくる。さっきの泣き声を覚知されてしまったのだろう。

一難去ってまた一難。でも最大の危機は脱しつつある。

佐々木さんは片手を挙げると、ぼうっと光っている岬の先端の塔に向かって走り出す。

ぼくたち4人はテールランプが次第に遠ざかるのを、身を寄せ合って眺めていた。

バイクを見送った直後、藪（やぶ）がさがさ鳴って、飛行帽にゴーグル姿の豪介爺ちゃんがぬっと現れた。

一瞬、熊かと思って、びっくりした。

「そんなところにこそこそ集まって、何を企（たくら）んでおるんぢゃ。今さら〈いのち〉坊を逃がそうだなどと、悪あがきしているワケではあるまいな」

そう言った豪介爺ちゃんは、きょろきょろと周囲を見回して、声を荒らげる。

「お前たち、〈いのち〉坊をどこに隠したんぢゃ」

ぼくたちは互いに顔を見合わせる。すると美智子が言う。

「〈いのち〉ちゃんは天使だったんです。だから月に帰ったんです」

豪介爺ちゃんは空を見上げる。

「天使ぢゃと？　月に帰ったぢゃと？」

美智子は、しまった、という顔をする。ぼくがあわてて助け船を出した。

「本当です。〈いのち〉は脱皮して羽が生えて飛んでいってしまったんです。さっきの泣き声はお別れの挨拶（あいさつ）だったんです」

「とにかく百聞は一見に如かず、洞穴に残された〈いのち〉の抜け殻を見てください」

よくもまあこんな嘘八百をしゃあしゃあと言えるもんだ、と我ながら感心する。

三田村が先頭に立って洞穴に向かうと、豪介爺ちゃんが黙って従う。先日、豪介爺ちゃんのモンキーバイクのタンデムシートに乗って以来、2人の間に魂の交流が成立したようだ。

豪介爺ちゃんの後に美智子が、最後にぼくとヘラ沼が続く。

ヘラ沼が小声で言う。

「カオルちゃんよお、なんで爺ちゃんにまでウソをつくんだよ」

「ごめん、つい成り行きで。でもよく言うだろ、『敵を欺くにはまず味方から』って」

「うーん、よくわかんねえけど、取りあえずここはカオルちゃんの仕切りに乗ってやるよ」

やがて〈いのち〉の羽化現場に到着すると、〈いのち〉の抜け殻があった。

豪介爺ちゃんは「おお」と言って駆け寄ると、抜け殻をこんこん、と拳で叩く。

「確かに、蟬の抜け殻みたいぢゃな」

「そうなんです。〈いのち〉ちゃんは、目の前で脱皮すると羽が生えて、ばっさばっさと飛んで行ってしまったんです」

話には相当齟齬があるけれど、さすがの豪介爺ちゃんも、小さな矛盾を指摘できるほど、冷静ではなかった。腕組みをして、ううむ、とか、バカな、とか、断片的な呟きを繰り返した豪介爺ちゃんは、やがて顔を上げた。

「長年培ってきた常識と照らし合わせると、どうにも信じがたいが、目の前にある、自分の眼で見たものを信じるしかなかろう。とうてい信じられんことなのぢゃが」

「爺ちゃん、あなたの直感は正しいです。

だってこれは大ででたらめの作り話なんだもの。

でも事実の方がもっと信じられないという意味では、ぼくが咄嗟に作ったでまかせ話の方がまだ現実っぽかった。

首を捻り続けている豪介爺ちゃんに続いて洞穴から出ると、頭上をヘリが数機飛んでいて、

246

サーチライトがあちこちを照らしていた。

その光の輪が次第にこちらににじり寄ってくる。

やっぱりさっきの〈いのち〉の咆哮で、居場所が特定されてしまったようだ。

ま、当たり前だよね。

なにしろ自衛隊の精鋭部隊に加えて在日米軍まで乗り出してきたわけで、こうなったら日米安保体制下での緊急事態発生の合同演習みたいなものだから、それくらいやってくれなきゃね

え、と思いつつ、上空を舞う、闇夜のトンビのようなヘリの群れを見上げた。

やがて1機のヘリのサーチライトがぼくたちを直撃した。血相を変えた米海兵隊や自衛隊のレンジャー部隊の隊員が、ここに殺到してくるのも、もうすぐだろう。

チーム曾根崎プラス名誉顧問の豪介爺ちゃんの5人は、次第に強くなる爆風に髪を靡かせながら、ハイパーマン・プラス・バッカスの地球防衛軍、「宇宙戦隊ガボット」のメンバーのように、やたら無意味に胸を張った。そして、今まさに目の前に降り立とうとしている強大な「敵」の手先であろう、軍用ヘリ・アパッチを見つめていた。

14章
人生は、行き当たりばったりのでたとこ勝負。

7 月 26 日（水）

その後の騒動ぶりは、テレビのワイドショーや新聞記事で散々取り上げられ、みんなもよく知っているだろうから、ここでは端折ることにする。

一夜明けて、ぼくたち4人は自衛隊や在日米軍に迷惑を掛けたトンデモ中学生として一躍有名人になっていた。特にぼくは2度目の不祥事（？）だったので、新聞やテレビも容赦なく、華々しくも憎々しげに取り上げた。地元のサクラテレビは嬉々として報道し、ぼく専属レポーター（？）の大久保リリさんは、相変わらずのハイトーンで喋りまくっていた。

でも、なぜぼくたちがそんなことをしたのかということについては、新聞もワイドショーも触れなかった。理由が「首相案件」で、「かの国の意向」だから「自主規制」しているんだということを知っていたぼくは、どれほど悪しざまに言われてもへいちゃらだった。

お偉いさんにソンタクして真実を報道できない意気地なしのテレビや新聞なんてちっとも怖くない。あの人たちは弱い者は責めるけど、強い相手にはてんでだらしないということが、今回の騒動でよくわかった。権力者に媚びて市民を叩く。それが今の報道のルールらしい。

そんな中、東堂先生はぷりぷり怒りながら帰国した。高階学長と一緒に密かに企画していた、〈いのち〉＆「流浪大天使」のお披露目発表会が全部すっ飛んでしまったからだ。

250

「まったく、ミーは、コケにされるためだけに呼びつけられた、雑魚キャラみたいデス」

おっしゃる通りだ、としみじみ思う。

でもこれだけは信じてほしいんだけど、東堂教授を「雑魚キャラ」だなんて思ったことは一度もなくて、結果的にコケにしてしまっただけなんだけど。

でもまあ、東堂教授にとっては、どっちでも同じことだろう。

テレビや新聞報道より大変だったのは、得体の知れない人たちの審問だった。たぶん十中八九、在日米軍＋自衛隊＋文科省＋「組織」＝「ダメポ」の人たちの共同戦線だ。

相手はサングラスにマスク姿の上に逆光で顔はわからず、同じ質問を繰り返した。4人一緒の時もあったし、バラバラに聞かれたこともあったけど、〈いのち〉が洞窟で羽化して飛び去ったという、神話のような結末はあまりにも現実離れしていたけれど、状況証拠はバッチリだし、リアリストの豪介爺ちゃんでさえ納得したストーリーで、得体の知れない人たちの質疑応答を乗り越えるなんて楽勝だった。さすがに羽化して飛び去った時の様子は4人の間にも違いがあり、矛盾を突かれたけど、「あまりにビックリしたのでよく覚えていないんですう」と言ってごまかした。前代未聞の異常事態に遭遇した、いたいけな少年少女の証言に多少の食い違いがあったとしても仕方がないだろう。

そんな取り調べが1週間続いた。学校は夏休みだったので、あちらも容赦なかった。こんなことがいつまで続くんだろう、とうんざりし始めた頃、突然流れが変わった。「桜宮事変の真実」というタイトルで、写真が1枚添付されていた。〈抜け殻いのち〉という写真だった。

きっかけは見知らぬ人のツイッター投稿だった。「桜宮事変の真実」というタイトルで、写真が1枚添付されていた。

『桜宮トンデモ中坊』（ぼくたちはネット界でそう呼ばれていた）が在日米軍関連の民間潜水艇を強奪したのは、政府がひた隠しにしていた巨大新種生物〈いのち〉を軍事的に悪用するのをやめさせ、逃がそうとしたためだ」というコメントが添えられていた。

ツイートはたちまちバズり、大勢の人がリツイートした。その数、3日で1千万。

当然、ぼくたちはたちまちびっくりしていた。いや、実はぼくたちもびっくりしていた。なにしろぼくたちは相変わらずおマヌケで、〈抜け殻いのち〉の写真を撮り忘れていたのだから。

一体、何度同じミスをすれば、気が済むのだろう。

でも、だからこそ、この写真が残っていたことはビックリだった。大方、自衛隊か首相官邸か米軍特殊部隊か「ダメポ」の誰かがこっそり撮った写真が流出したに違いない。4人一緒にされ尋問する人たちは入れ替わり立ち替わりで、朝から夕方までぶっ通しで尋問された。最後にあの写真を投稿したのはぼくたちの誰かではないか、と聞かれたので代表して、ぼくが答えた。

「そんなことしませんが、仮にぼくたちがそうしたらいけないんですか。〈いのち〉の存在を公表しないのはなぜですか。新聞記者さんも知っている人が大勢いるのに、なぜ記事にならないんですか。ぼくだったら今すぐ、『ヤバダー』の撮影班に連絡しますケド」

「『ヤバダー』って何かね」

「ヤバいぜ、ダーウィン』という日本一、人気がある生物番組です」

取り調べていた人たちの間から失笑が漏れた。

「そんなに気になるなら、発信した人を直接呼び出せばいいのに」と言うと、誰かがぼそりと

「それがわからないから君たちに聞いているんだ」と答えた。

やがて真ん中に座った一番偉そうな人が言った。

「残念ながら『ヤバダー』に連絡するのは無理だろうね。君たちが言う、天使になった巨大新種生物など、この世に存在しなかったんだから。君たちの悪ふざけのせいで、大勢の大人が迷惑を被ったことは甚だ遺憾だが、今回は不問に付そう。君たちもこれ以上妄想を撒き散らさないよう注意したまえ」

これは取引だ。直感したぼくは、メンバーを見た。

美智子の目が、キラキラ光っている。

ぼくがうなずいて座ると、代わりに美智子が立ち上がり、口を開いた。

「あたしたちがここでお話ししたのは、全部本当のことです。今の日本では本当のことが報道されず、なかったことにされてしまうのかもしれませんが、ひとりひとりの記憶までなかったことにはできません。そんなことをできると思っている人たちに迷惑を掛けたのだとしたら、あたしたちは反省なんて、するつもりはありません」

そう言うと、美智子は糸が切れた人形みたいに、すとん、と椅子に座った。

すると目の前の机に並んだ、偉そうな人たちは何も言わずに立ち上がり、ぞろぞろと部屋を出ていった。

部屋の隅にいた女の人が背中を向けてカーテンを開けると、部屋に光が差し込んできた。

眩（まぶ）しくて目を細め、改めて見回すと、意外に狭い部屋だった。

背を向けてカーテンを開けた女性が、窓の外の風景を見ながら、ぽつりと言った。

「あんたたち、立派だったわ」

くるりと振り返った女性の、スーツの胸ポケットに真っ赤なスカーフが差してあった。

文科省のファイヤー・レディは、今まで見たことがない、さっぱりした微笑を浮かべていた。

翌日、ぼくたち4人は、東城大の学長室に招待された。

この3ヵ月、ぼくたちはこの部屋にやたら出入りして顔馴染みになった。ヘラ沼なんかは、挨拶もそこそこに、机の上に置かれたてんこ盛りの高級菓子をむしゃむしゃ食べ始める。

「平沼君、お行儀が悪いわよ」と美智子が小声で注意する。

すると高階学長はにこにこ笑いながら、「いいんですよ、約束ですから」と微笑する。

隣のソファに座った田口教授が言う。

「君たち、よく頑張ったね。それにしても〈いのち〉君が羽の生えた天使になって大空に飛び去ったなんて本当に驚きました。私も是非見てみたかったですね」

ぼくたちは顔を見合わせて、ふふ、と笑う。実は高階学長にも田口教授にも、本当の結末は伝えていなかった。それはチーム曾根崎プラス佐々木さんだけの秘密だ。

「〈いのち〉は、いなかったことにされてしまうんですか？」とぼくが訊ねる。

「まあ、普通はそうなりますが、普通じゃない人たちが絡んできましてね。はてさて、どうなることやら」と高階学長が含み笑いをする。

「何があったんですか？」

「赤木先生が『神経制御解剖学教室』に復帰して新たな研究を立ち上げようとしたのですが、

藤田教授が邪魔をしまして。エシックス・コミティという、研究を始める際の最初のステップの会議で『こころプロジェクト』の一切合切を暴露してしまったんです」

うわあ、さすが腹黒のフクロウ魔神。やることなすこと、えげつなさすぎる、と呆れつつも、一応筋は通っているのか、としみじみ感心する。

「でも文科省や米軍がインペイしようとしていることを、表沙汰にできるんですか?」

「長年エシックスを主宰している沼田教授は一本気な方でして、ことエシックス絡みとなると、相手が誰であろうと一歩も引きません。驚いたことに文科省ばかりでなくアメリカ国防総省にも抗議文を送りつけ、事実関係を明らかにすると息巻いているんですよ」

「東城大には凄い先生が隠れていらしたんですね」

「それだけなら一介の国立大の教授が騒いでいるだけなので、普通なら黙殺されておしまいなんですが、類は友を呼ぶといいますか、ここにまたややこしい人たちが絡んできまして……」

高階学長は遠い目をして言った。

「東堂教授という方は周囲をよく観察しているものだと感心します。彼が名付けた霞が関の最強ペア、ファイヤー・レディとファイヤー・バードがバディを組んで参戦してきたんです」

「ええ?　あの2人がコンビに?」

あまりの驚きに、思わず大声を上げてしまった。すると田口教授が言った。

「曾根崎君にとってはあの2人のペアは驚きでしょうけど、東城大出身者としては白鳥さんと沼田教授のコンビも驚愕、それに藤田教授とまで手を組もうという白鳥さんの節操のなさには呆れ果てています」

「まあ、『毒を盛って毒を制す』といいますし」と隣で高階学長が苦笑して言う。

「高階学長、またわざと間違えましたね。正確には『毒を盛って』ではなくて『毒を以て』ですから。いずれにしてもこれから先の東城大は混沌の極み、私はもう何やらさっぱりわけがわからなくなってしまいました」

「うわあ、大変そうですね」と美智子が他人事のように言うと、田口教授は続ける。

「加えて時風新報が、『こころプロジェクト』に関する報道に本腰を入れるそうです。村山記者は以前、曾根崎君に言われたことをずっと気にしていたそうで、『今度は、邪魔する相手が首相だろうが米軍だろうが、真実を伝えてやるから覚悟しろ』という伝言を頼まれました」

真実を報道しないなんて新聞記者じゃない、とぼくがキレたことを覚えていてくれたのか、と胸が熱くなる。どんな思いも、口に出さなければ、相手には伝わらない。

だから、伝わらないと思っても、口にしなければダメなんだ。

世の中は、すべてダメモトでできているんだから。

高階学長が穏やかな口調で言う。

「本当にいろいろなことがあったものです。でもその中で、佐々木君が東城大に復学してくれたことは、一番の朗報かもしれません」

すると田口先生はうなずいて言う。

「彼は今回の騒動で一皮むけて、人が変わったように明るく社交的で親切になったと、評判がとてもいいようです」

ぼくたちはまたも顔を見合わせ、ふふふ、と笑う。

256

「東城大のエシックスを中心とした米国へのプロテストの最大の眼目は〈いのち〉君の血液検体が米国に送られ、DNA解析が実施されようとしているのを阻止することに論点を絞ったそうです。そうした実験への無許可の検体転用に関しては、佐々木君も一家言お持ちのようで、積極的に協力を申し出ているそうですよ」

それはかつて、日比野涼子さんが身体を張って阻止しようとしたことだ、と思い当たる。

それなら佐々木さんは簡単に引き下がりはしないだろう。そう考えるとこのプロテスト・チームは相手にとっては地上最強にして最凶、最悪のクレイマーになるに違いない。

「DAMEPO」と二股（ふたまた）を掛けていた東堂教授が、太平洋の向こう側で歯ぎしりしながら頭を抱えている姿が目に浮かんだ。

学長室を出たぼくたちは、バスに乗って次の目的地に向かった。

桜宮丘陵を降りた赤いバスは、桜宮駅を通過して海へ向かう。

4人ばらばらの席に座り、バスに揺られていると、この3ヵ月の怒濤（どとう）の出来事が走馬灯のように蘇（よみがえ）った。なんだか、ずいぶん遠い昔の話のような気がした。

終点の「桜宮岬」でバスを降りると、銀色の〈光塔〉（ミナレット）まで歩いていく。

隣ではプレハブの建物「こころハウス」の解体工事が行なわれている。

玉砂利を踏んで、「未来医学探究センター」の敷地に入ると、塔の入口のドアが開き、美青年が和やかな表情で、ぼくたちを出迎えてくれた。

「みなさま、ようこそ」

「ええと、あなたはどちらの……」と美智子が言うと青年はウインクをした。

「ママの息子の、佐々木イノチどぇす」

そう言って美智子に抱きついた。美智子はぎこちなく応じる。

やはり佐々木さんの顔をした変態後の〈羽化いのち〉にはどうしても慣れないようだ。

もちろんこの場合の「変態」とは、昆虫などの生体が変化する、生物学的な変態という意味

であって、決してある種の人たちの特殊な性的嗜好を示す表現ではない。

本家本元の佐々木さんは地下室で憮然とした表情でソファに座り、足を投げ出していた。

「まったくお前たちはとんでもない代物を引き取らせやがったな」

ぼくたちは佐々木さんの向かいのソファに座ると、〈羽化いのち〉は当然のように、佐々木

さんの隣にちょこんと座った。本当に2人は瓜二つだ。

「1週間、コイツと膝詰めで話してみたら、とんでもないことがわかった。コイツは新種生物

なんかじゃない。最も根源的な、地球の固有種だったんだ」

「どういうことですか？」とぼくとヘラ沼が興味津々で前のめりになる。

「自分で説明しろよ」と佐々木さんは怒濤の勢いで喋り始める。

うなずいた〈羽化いのち〉は怒濤の勢いで喋り始める。

「オラの木億？　着奥？　記憶？　たい。聖心？　星辰？　精神？　が感応して、意電子？

異分子？　遺伝子？　にあるのどすえ。地球の個亜？　戸阿？　コア？　が故郷どすえ。ヒト

時間で1万年に1度、生まれ、『たまご』の携帯？　継体？　形態？　で地上に出て側の種を

模写したばい。ミイたちは象色？　臓燭？　増殖？　は禁止され、生殖器系は藻保？　モーホ

258

「――？　模倣？　大正？　隊商？　対象？　から場外？　城外？　除外？　されます。その時藻保？　モーホー？　模倣？　するのはその種が寺？　手良？　テラ？　で一番繁栄しているからどえす。この前が藻保？　モーホー？　模倣？　は今日粒？　京流？　恐竜？　どえす」

「なぜそんな模倣をするんだい？」

「可能性と未来を与件？　予研？　予見？　するためどえす。未来を拡大再生産し、時の流れを速めるためどえす。理由はもし、もしもし、もしもしカメよ、カメさんよ、地球に望ましくない種は、速やかに滅亡させるためどえす。一方、もし、もしもし、もしもしカメよ、カメさんよ、テラに望ましいなら、反映？、半影？　繁栄？　するどえす」

「どうしてパパもママもいないのに、そんなことわかるの？」と美智子。

「生まれる前、オイは『テラ』と呼ばれたばい。ミイの記憶は地層に刻まれているどえす」

単語の変調はあるけれど言葉遣いは少しずつ流暢になっている。でも、話のあまりの壮大さに、ついていけない。いや、どんな優れた学者だって、無理だろう。

あ、でも、「ヤバダー」のスタッフなら可能かも。

佐々木さんが投げやりに言う。

「コイツの話を聞いていると、世の中の大概のことなんて、どうでもよくなってくる。おまけにそんな壮大なことを言っているクセに、コイツは好奇心旺盛で俺が授業をサボろうとすると、代わりに授業に出るようになりやがった。おかげで今では俺は学内一の人気者なんだそうだ」

「田口教授からもそう聞きました。優秀なコピーロボットができてよかったですね」

ぼくが言うと佐々木さんは、ふん、と笑って立ち上がる。

何だか俺は因縁の鎖から解き放たれたような気がするよ。これまで俺は、外の世界を知らずに生きてきた。涼子さんの面倒を見るという義務もあったからだが、コイツのおかげでその縛りからも解放されそうだ」

「そうよ、アッシ君。あなたにはあなたの人生を生きてほしいの」

〈いのち〉の声が突然、女性の澄んだ声に切り替わる。

「その声で喋るのは止めろと言っただろ」と佐々木さんが動揺して言う。

それからぼくたちを見て、言う。

「俺は涼子さんの気持ちを知らず、涼子さんがコールドスリープした意味もわからないまま、面倒だけ見てきた。すべてを知った時、俺には罪の意識しか残らなかった。でもコイツが涼子さんの本当の気持ちを伝えてくれた。もちろん作り話の妄想かもしれない。でも今の俺には、コイツの言葉が涼子さんの言葉だと信じられる。いや、そうだと信じたいんだ」

佐々木さんの瞳の瞳が、少し潤んで見えた。

「この間、ショコちゃんと小夜さん、瑞人兄ちゃんと一緒に『どん底』という酒場でとことん呑んだ。あの3人と一緒だと俺は幼稚園児の頃に戻った気持ちになった。その時、3人に散々言われちまった。いつまでもうじうじといじけているなってね。だから決めたんだ。これから旅に出て世界中を見て回ろう、そしていつかまた、ここに帰って来よう、とね」

「アッシ君、涼子のことは心配せずに旅立ちなさい」

今度は〈羽化いのち〉の声だったので、ぼくたちは混乱してしまう。

佐々木さんは苦笑して言う。

260

「さっきカオルが言ったコピーロボットってのは言い得て妙だ。コイツとコンタクトしていれば世界中どこにいてもここのことはわかるし、医学部も卒業できそうだ」

「私も同じ気持ちどえす。〈マザー〉は興味深い、損財？　存在？　どえすので、世界を旅している、どえす。ここには私の暮鯛？　菩帯？　母体？　善哉？　もあるしい」

そういえば〈マザー〉の中に涼子さんのこころの断片があったんだっけと思い出す。

この世界を〈いのち〉が散歩すれば、〈オンディーヌ〉の復元はもっと完璧になるかもしれない。なんだかいいことずくめに思えたけれど一瞬、ぼくのこころに影が差した。

それが何なのか、思い出せずに、記憶の底に沈んでいく。

その時、ぼくの脳裏をよぎったのは冬ごもり中の紋白蝶が羽を静かに開閉している姿だったのだけれど。

今のは一体、何だったんだ？

佐々木さんが旅立つという話をしたので、それに便乗して、ぼくも考えていたことを宣言しようかな、と思って口を開く。

「佐々木さん、実はぼく、医学部の飛び級資格を返上しようと思っているんです」

「突然そんなことを言い出すなんて、どうしたんだよ。そんなことをしたら、これから高校の受験勉強をしなくちゃならなくなるんだぞ」

「う、さすが佐々木さん、痛いところを適切に突いてきますね。まあ何とかなるんじゃないかな、と思います。この３ヵ月、誰も経験したことがないような窮地を生き延びたんですから、それと比べたら高校受験くらい、どうってことないんじゃないかな」

「まあ、確かにそうだろうが、進路はどうするつもりなんだ？」

「一応、医学部を目指してみようかな、と思って」

「はあ？　バカか？　それなら飛び級をわざわざ辞退する必要はないだろうに」

ぼくはちらりと隣の三田村を見て、言う。

「それはそうなんでしょうけど、ここまでいろいろな騒ぎが起こったのも、元はといえばぼくがズルをして東城大学医学部に飛び級したことが原因だった気がするんです。だからできれば正々堂々と正門から入ってみたいなれど、裏門から入ったようなものでしょ。だからできれば正々堂々と正門から入ってみたいなあと思って」

そうすれば見える景色が違ってくるかもしれない、と思ったけれど、そんなことを言ったら、あまりにも気障すぎる気がしたので、言わなかった。

しばらく考えていた佐々木さんは、やがてうなずいた。

「まあ、それも悪くないかもしれないな。もしお前が東城大学医学部に入学できたら、盛大にお祝いしてやるよ。みんなでドンチャン騒ぎをしよう」

「ドンチャン騒ぎ、大好きどえす」とすかさず、隣の美青年がうなずいた。

佐々木さんは、隣の分身を小突いて黙らせると、ぼくに向かって右手を差し出した。

ぼくはその手を、びっくりして見つめる。

よく考えたら、佐々木さんと握手するのは初めてだった。

ぼくは、ごしごしと手を拭って、その手を固く握った。

262

「未来医学探究センター」を出ると、山の端に夕陽が沈もうとしていた。

「まさか、カオルがあんなことを考えているとはねえ」と美智子がしみじみ言う。

「というわけで三田村、これからもサポートをよろしくな」

すると三田村は黒縁眼鏡を人差し指で押し上げ、ぼくを見た。

「冗談言わないでください。そういうことなら、今日から曾根崎君はライバルです。そんな風に気安く声を掛けるのは、もうやめてください」

「え？　そうくるのかよ。お前はチーム曾根崎のブレインなんだぞ」

「そもそもチーム曾根崎は、曾根崎君が東城大に無理やり飛び級させられて授業についていけなくなったから、それを助けるために結成されたものです。それなら曾根崎君が飛び級を辞退した時点で解散するのが筋というものでしょう。進藤さんと平沼君はどう思いますか？」

「うーん、俺はどっちでもいいけど、確かに医学生じゃなくなったカオルちゃんをサポートするなんて、バカバカしいかも。進藤はどうなんだ？」

「あたしはチーム曾根崎でなくても、カオルの面倒をみてほしいとカオルのパパから頼まれているから、どっちでもいいわ」

「それなら当事者であるキャプテン以外のメンバーによる投票結果は3対0というわけで賛成多数、よってチーム曾根崎は只今を以て解散とします」

いつの間にか三田村が仕切っていやがる。

こんな日が来るなんて夢にも思わなかった。

ぼくはちょっぴり淋しかったけれど、それ以上に肩が軽くなったのを感じた。

「わかった。それでこそわが永遠のライバル三田村博士だ。お前には負けないぞ」

ぼくは右手を出し、三田村と握手した。その上に平沼が、そして美智子が手を重ねた。

「チーム曾根崎、ファイト」

美智子の澄んだ掛け声と共に、重ねた4人の手は、青空に向かって解き放たれた。

　　　　　　　　∵

5日後。怒濤のような7月が終わろうとしていた。

その日、ぼくはよそ行きの服で、空港のロビーにいた。

隣にはナマイキな妹の忍、その義理の兄の青井タクさん（ぼくとの関係も兄弟になるけど、どっちが上でどっちが下か、いまだに結論は出ていない）、そして理恵先生と、そのお母さんの山咲さん、それになぜか知らないけど清川先生がいた。

この6人はステルス・シンイチロウこと曾根崎伸一郎、つまりぼくのパパの帰国の出迎えに集まっていた。

清川先生は「俺は血縁関係じゃないからお邪魔虫なんだが」とぶつぶつ言ったけど「離婚が多く家族を大切にするラテンアメリカではよくあることよ」としゃらっと言った理恵先生に、無理やり引っ張られて来たのだった。

その間にぼくはタクさん、佐々木さんからの正式な謝罪を伝えた。

タクさんの〈木馬〉が新生〈いのち〉を経由して世界中に広まってしまったこと、その時に〈いのち〉が勝手にプログラムの一部を改変し、プライベート領域には侵入できないけれど、

公的領域には簡単に侵入できるようにしてしまったこと。

そして今はクラウド領域を自由自在に飛び回っていること。

実はそれが〈木馬〉がプチ一角獣〈うにこん〉に変態した理由だったらしい。

それを聞いたタクさんは、怒るどころか、大喜びした。

「それはまさしく、僕がやりたかったアップデートだよ。最終的な目的は国家の隠し事を誰でも盗み出せるようになることだ。国は市民のためにある。一部の人、たとえば口先総理の首相案件なんて市民の信任に対する重大な裏切りだ。〈木馬〉が〈一角獣〉に進化したことで、世の中から腐って濁った秘密を少なくできるといいなぁ」

それからウインクして言った。

「SNSで〈いのち〉クンの抜け殻の写真をばらまいたのは、バッチリ効いただろ?」

「やっぱりあの仕掛け人はタクさんだったんですね。もう最高でした。あの後、お偉いさんはみんなうろたえていましたから」と答えて、ぼくは笑った。

ぼくとタクさんの会話を隣で聞いていた清川先生が口を挟んだ。

「最先端医学を研究している著名な科学者はこう言っている。『最良の防衛策は規制ではなく、すべての科学を公開する仕組みを作ることだ。そうすれば人々は研究全体を眺め、何が起きているかを把握し、科学者が危険なことをしようとしている時は警告する。何をしているかわからなければ要望もできない』とね。タク君の〈一角獣〉は、そんな時代を作る手助けになるだろう。そのタイミングで自由のアイコン、曾根崎教授が帰国するのは象徴的だね」

清川先生の言う通りだ。

パパが家族と会うためだけに帰国するなんて、誰も思っていない。

東堂教授や白鳥さんから話を聞いているうちに、もう他の人に任せておけないと思い、参戦するために帰国しようと思ったのではないだろうか。

清川先生の解釈は、パパの多目的な帰国の目的を裏付けている。

それでもぼくは、パパはぼくに会うために帰国するのではないか、と思っていた。

ここ3ヵ月のぼくの奮闘と、そしてその間、パパからのメールが途絶えていたこととは、決して無関係ではないような気がする。

ぼくはパパに話したいことが山ほどあったし、パパもぼくに伝えたいことがたくさんあるのではないか。

そんなことを考えていたら、今から生まれて初めてパパと会うんだと気がついて、急に胸がどきどきしてきた。

まったく、考えすぎるとろくなことはない。

まずは深呼吸してリラックスせねば。

人生は、行き当たりばったりのでたとこ勝負。そうやって渡っていくのが正解だ。

だってそれは、パパのポリシーでもあるんだから。

そういえば今日、家を出る前に、山咲さんが1枚の絵葉書をくれた。

ぼくが生まれた時にパパがぼくに送ってくれたものだそうだ。

その葉書には、こう書かれていた。

「Dear KAORU, Welcome to Our Earth.（親愛なるカオル。ようこそわが地球へ）」

266

まるでぼくが〈いのち〉という存在と大冒険をする未来を予言しているみたいだ。顔を見たらあれを言おう、これも話そう、と思っていたのに、気がつくと全部吹っ飛んでた。そんなぼくを見て隣の忍が「お兄ってば、緊張しすぎ」と、ぽそりと言う。

「そんなことないさ」と言い返した時、空港内にアナウンスが流れた。

「ボストン発947便、ただいま到着いたしました」

ぼくは到着ゲートの扉を見つめる。

しばらくして灰色の扉が開き、乗客がぞろぞろと姿を現した。

先頭の人が両腕を広げて、ぼくにまっしぐらに歩み寄ってくる。

周りから音と風景が消えた。

逆光の中、目を凝らしても、顔はよく見えない。

ぼんやりしたぼくは一瞬、その人の姿を見失った。

次の瞬間、ぎゅうと抱きしめられた。

息が止まった。

ぼくは深呼吸をひとつして、顔を上げる。そして、挨拶した。

はじめまして、パパ。

参考文献

『合成生物学の衝撃』　須田桃子　2018年　文藝春秋

初出 「小説 野性時代」二〇二〇年十一月号〜二〇二一年六月号

単行本化にあたり、加筆・修正しています。

海堂 尊（かいどう たける）
1961年千葉県生まれ。医師・作家。2006年、『チーム・バチスタの栄光』で第4回「このミステリーがすごい！」大賞を受賞しデビュー。作品全てが一つの世界に統一された「桜宮サーガ」シリーズは累計一千万部を超える。デビュー作を始め『ジェネラル・ルージュの凱旋』『ケルベロスの肖像』『螺鈿迷宮』『ジーン・ワルツ』『極北クレイマー2008』『ブラックペアン1988』等、映像化作品も多数。近年はキューバ革命の英雄、チェ・ゲバラとフィデル・カストロを描いた「ポーラースター」シリーズを執筆中。医師としてAi（オートプシー・イメージング＝死亡時画像診断）の社会普及活動をし『死因不明社会2018』等の専門書も手がける。2020年の近刊は『フィデル出陣 ポーラースター』『コロナ黙示録』。

医学のつばさ
_{い がく}

2021年6月24日　初版発行

著者／海堂 尊
_{かいどう たける}

発行者／堀内大示

発行／株式会社KADOKAWA
〒102-8177　東京都千代田区富士見2-13-3
電話　0570-002-301(ナビダイヤル)

印刷所／旭印刷株式会社

製本所／本間製本株式会社